U0508001

诗说眉山

张忠全 编著

江西高校出版社
JIANGXI UNIVERSITIES AND COLLEGES PRESS

图书在版编目（CIP）数据

诗说眉山／张忠全编著. --南昌 ： 江西高校出版社，2022.3

ISBN 978-7-5762-2486-3

Ⅰ. ①诗… Ⅱ. ①张… Ⅲ. ①散文集-中国-当代 Ⅳ.①I267

中国版本图书馆 CIP 数据核字（2022）第 031177 号

出 版 发 行	江西高校出版社
社 址	江西省南昌市洪都北大道 96 号
总编室电话	（0791）88504319
销 售 电 话	（0791）88522516
网 址	www.juacp.com
印 刷	成都勤德印务有限公司
销 售	全国新华书店
开 本	880mm×1230mm　1/32
印 张	6.5
字 数	150 千字
版 次	2022 年 3 月第 1 版 2022 年 3 月第 1 次印刷
书 号	ISBN 978-7-5762-2486-3
定 价	70.00 元

赣版权登字-07-2022-189

版权所有　侵权必究

图书若有印装问题，请随时向本社印制部（0791-88513257）退换

前　言

　　爽垲疏明地，人文第一州。四川眉山市，古称眉州，是一座古老而又年轻的城市。说它古老，是因为《尚书·禹贡》定九州，它隶属于梁州。到汉代，才有了州郡名，曰武阳、嘉阳，现今的眉山境内才有州郡治所，其地当在现今彭山区的武阳一带，即明末张献忠沉银的彭山江口一带。因此，可以这样说，眉山自汉代起就有了州郡建制。南齐建武三年（496）建齐通左郡，后改青州。西魏废帝三年（554）改青州曰眉州。《四川通志》说，改眉州的依据是"峨眉揖于前，象耳镇于后，山不高而秀，水不深而清"，"因近峨眉山而得名"。眉州、眉山中的"眉"字就这样被定了下来，一直使用到今天。齐通、青州、眉州，治所在现在眉山城一带。方志上又说，现在的眉山城为唐时州城故址。可见，眉山城在唐以前就是州郡治所所在地了。从唐开始，眉山城池就逐渐形成。如果唐时没有城池，那苏东坡的老祖先苏味道以凤阁侍郎身份贬到眉州来当刺史，岂不连个落脚的衙门都没有？方志上还说，眉山城形成完整的城池是在五代时期。五代时，有个叫山行章的人，被任命为眉州刺史，他到任后见眉州城池不完整、不规范，于是集当时眉州所辖五县财力，构筑了眉州城墙，

▶眉州城门——摄影杨正南

修建了东、南、西、北四座城门和城楼。到宋太平兴国元年(976)改通义县为眉山县，于是"眉州眉山共一城"。《四川名胜志》："宋淳化中，青神县民李顺作乱，攻围半年不下，郡人呼为卧牛城。沿城植芙蓉，又为芙蓉城。"

　　岁久倾圮，明成化十七年（1481），知州许仁重甃以石，高二丈一尺，周十里三分，计一千八百五十四丈。新筑四门：东曰临江，南曰霁雪，西曰跨醴，北曰登云。延至清代，倾者过半，又过百年，周垣坍塌殆尽，唯城基略可辨识。嘉庆年间（1796—1820），眉州太守涂长发到任后即巡视城墙，见城墙"久之而倾圮已极，唯城基略具形迹，甚有不可辨识者"（涂长发《重修眉州城垣记》），于是集工鸠资，于嘉庆三年（1798）三月开始重修眉州城墙的工程，历时两年完成。城墙全部采用坚致的红条石砌成，高一丈七尺，基宽二丈二尺，顶宽一丈二尺，中间用三合土夯筑。周长一千七百四十丈，雉喋备具。重建四门，新修瓮城，瓮城各长二丈四尺。内外城厢，各留火马道。每门置营房，拨兵壮守之，司启键。上设谯楼，崇墉耸峙，称壮观焉。所以，眉山是一座古老的城市。

　　后来，随着战争的减少、社会的进步、经济的发展，城墙、城门失去了它存在的功能。"沧桑演变，时代更替，民国以来，城墙功能，逐渐隐灭。坍塌湮没，维修不再。先是修筑公路，四门相继被拆，继之城墙条石，移作他用。城楼城墙，退出视野，淡出记忆。二十世纪八十年代，眉山进行了第一次文物普查。查得嘉庆时的眉州古城墙尚余七百余米。虽城墙所剩无几，条石剥蚀严重，但仍为眉州重要的历史文化遗存，彰显着城市文化的内涵和韵味。"（张忠全《重修眉州城楼记》）为了保护好这段城墙，四川玫瑰园房地产开发有限公司在征得市政府和文物部门的

▶眉州城门——摄影杨正南

同意后，斥资两千六百万元，将残破的城墙恢复原貌——在原临江门的原址处，重修了城门和城楼，使两段城墙连在了一起，成为古城眉山的一道亮丽的风景线。

说它是一座年轻的城市，是因为自1953年四川省撤销当时的眉山专区，使眉山降为县。到1997年，国务院批准设立眉山地区；2000年又撤地建市。成为地级市以后，眉山的市政建设取得了突飞猛进的发展，一个新兴的城市迅速崛起，形成了一定的规模，但它与国内、省内的地级市相比，就是一座年轻的城市。

眉山是千载诗书城，诗书城当然有诗，有诗就有诗话要说。本书的写作宗旨，就是用古人的诗来述说眉山的历史、人文、风景名胜、文化遗迹，使诗与眉山文化、三苏文化融合起来，给欣赏者启迪和享受。

目 录

CONTENTS

第一章　千载诗书城

孕其蓄秀当此地　郁然千载诗书城

眉山是"千载诗书城"，不是眉山人自己说的，也不是行政部门命名的，是南宋大诗人陆游赞誉的。陆游 (1125—1210)，字务观，号放翁，越州山阴 (今浙江绍兴) 人。他于宋孝宗乾道八年 (1172) 入蜀，先在四川宣抚使王炎手下干事，后奉命到成都，在成都知府、四川制置使范成大的手下干事，任锦城参议。

陆游一生勤于写诗，现存诗歌九千多首。到蜀地之后，也写了不少的诗，他将这一时期的诗作编为《剑南诗稿》。在《剑南诗稿》卷七中，有一首诗，题名《眉州披风榭拜东坡先生遗像》。全诗为：

> 万里桥边白版扉，三年高卧谢尘鞿。
> 半窗竹影棋僧去，满棹苹风钓伴归。
> 看镜已添新雪鬓，听鸡重拂旧朝衣。
> 故人零落今无几，华表空悲老令威。
> 蜿蜒回顾山有情，平铺十里江无声。
> 孕奇蓄秀当此地，郁然千载诗书城。

高台老仙谁所写，仰视眉宇寒崚嶒。

百年醉魂吹不醒，飘飘风袖筇枝横。

尔来逢迎厌俗子，龙章凤姿我眼明。

北扉南海均梦耳，谪堕本自白玉京。

惜哉画史未造极，不作散发骑长鲸。

故乡归来要有日，安得春江变酒从公倾？

诗的前八句我们不管它，因为那是说他居住在成都万里桥边的状况及感受，与眉山无关。后面的十六句则写了三层意思：一是写眉州城，并向世人夸赞其为"千载诗书城"；二是写在披风榭拜高台老仙东坡先生遗像；三是怀念自己崇拜的偶像苏东坡。

▶鸟瞰三苏祠——摄影杨宇

这首诗写于淳熙四年（1177），其时范成大奉召回京，陆游送他到眉州，直到青神中岩寺，并在中岩山上盘桓两日才分别。从范成大的笔记《吴船录》看来，他们从成都乘船南行到眉州，曾弃舟登岸游览了眉州城。他见到的眉州城是这样的：城中荷花特盛，处处有池塘。城区的街道，皆是石板铺设，最为雅洁。他没有提到披风榭，可见他们

▶千载诗书城诗碑——摄影杨正南

当时没有登披风榭。陆游登眉州披风榭，应该是在中岩与范成大分别后返回成都途中，到眉州城内凭吊东坡先生的遗迹，才去参拜的。

"孕奇蓄秀当此地，郁然千载诗书城。"诗人说眉州这块土地，是一块孕育奇才、蓄养秀杰之士的好地方，充满勃勃生机，诗书气息已经延绵一千多年了。眉山因为出了苏东坡，出了三苏父子，陆游因为崇敬苏东坡，崇敬三苏父子，所以将眉州（山）誉为"千载诗书城"。

陆游对眉山的赞誉已经快八百五十年了，长期以来，眉山人对此并不十分感兴趣，除在《眉州属志》《眉山县志》有提及

外，其他文献资料好像没有提到过。也许是我孤陋寡闻吧，至今还没有涉猎到。直到 1992 年眉山举办第二届东坡文化节前，县委、县政府决定将"千载诗书城"作为显著标志，彰显给世人，以提高眉山人对本地文化、三苏文化的认知度和自信力。笔者被派去北京请全国政协副主席、大诗人、大书法家赵朴初老先生题写了"千载诗书城"五个字，到四川大学请书法教授周浩然先生写了陆游的诗。在老城区的北门外修建了诗碑，碑面刻赵朴初书写的"千载诗书城"，碑阴刻周浩然书写的陆游诗。当时的诗碑修建处是一处空旷的地带，诗碑修好后，显得高大耸峙，很是气派。但不久，这儿就成了交通枢纽地，楼盘街道拔地而起，诗碑有掩蔽之势。2019 年，城建部门对诗碑周围环境进行了整治，使诗碑又出现在人们的视野中。这就是北门诗碑的由来。

▶披风榭——摄影杨正南

陆游登眉州披风榭，时间应在东坡先生仙逝后的七十六年。那时眉州就有披风榭，就有纪念东坡先生的场所了。眉州城内高台上的披风榭，其位置在什么地方？谁建的？体量多大？形制如何？这些问题，古代诗文中没有记载，史志书上也没有说法。《眉州属志》《眉山县志》上有记载，说是南宋时眉州太守魏了翁疏凿州衙背后的废沼泽地为环湖，其地当在现今老城商业街以北、红星路以南地区；还将挖出来的泥沙堆在环湖边，"作裂眉状"，就像人的眉毛一样，眉山人将魏了翁的山堆称为"眉山"。这与眉山这个地方称为眉山没有关系，因为眉山由青州改眉州是在南北朝时期的西魏废帝三年，即公元554年。由通义县改称眉山县是在宋太平兴国元年，即公元976年。魏了翁在湖畔的高台上重修了眉州披风榭，并仿照古披风榭，绘制东坡遗像。"榭之上亦有楼一楹，登楼遥望，鳞塍绣壤，悉在目前。可谓绿杨城郭，大好河山，皆饶有天然画意，亦一巨观也。"陆游登眉州披风榭时，魏了翁才两岁。所以，陆游所登的眉州披风榭绝对不会是魏了翁的披风榭了。不知到什么时候，魏了翁疏凿的环湖湮没了，变成了农田，披风榭也失去了踪迹。清代光绪二十四年(1898)，眉州人为纪念苏东坡、陆放翁和魏了翁，在三苏祠内瑞莲池北岸修建了披风榭。但古时的披风榭什么样无从查考，东坡像绘于什么地方也不知道。所以，三苏祠内的披风榭上一直未绘东坡像，人们登披风榭就无法拜东坡先生遗像了。1982年，三苏祠在披风榭北面的水池中雕塑了一尊东坡盘陀坐像，弥补了历史的遗憾。人们登披风榭，就可以拜东坡先生遗像了。

　　2020年5月10日《眉山日报》报道著名文化学者、南京师范大学教授、中央电视台《百家讲坛》栏目主讲人之一——郦波

先生重游三苏祠，走进眉山三苏学社文化沙龙，向聚集在披风榭与东坡盘陀坐像之间的小广场上的眉山三苏爱好者做了《三苏诗词与当代精神》的讲述，解读从眉山走出的"一门三父子"。他看着眼前的披风榭，深有感触，即兴赋诗一首：

> 眉山福地属川西，日月星辰入眼迷。
> 天地文章唐宋骨，披风榭下凤来栖。

看来，郦波对陆游登眉州披风榭拜东坡先生遗像，将眉山这块人杰地灵之地誉为"千载诗书城"是有深刻理解的。

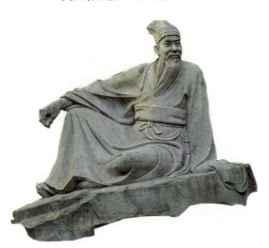

▶盘陀像——摄影杨正南

陆游诗中所描写的东坡遗像是一副醉酒的神态，风袖飘飘，筇枝横按，坐于石台之上。看来，陆游看到的是宋代大画家李伯时(字公麟，号龙眠居士)画的东坡像的摹本。李伯时与苏东坡是同时代的人，是一位大画家，而且他们是好朋友。一日，他画了一幅东坡像：东坡醉时神态，野衣黄冠，风袖飘飘，横按竹杖，盘陀坐于水中大石上。画刚画完，围观众人都说极像极像。苏东坡的弟弟苏辙(字子由，号颍滨遗老)立即提笔在画幅上题道：

> 乐哉子瞻，居水中砥。野衣黄冠，非世所羁。
> 横策欲言，问者为谁。我欲褰裳，溯游从之。
> 有叩而鸣，亦发我私。人曰吾兄，我曰吾师。
> 李伯时笔，子由词。

▶东坡盘陀像碑——摄影杨正南

苏辙不仅认可这幅画，还向世人宣布：苏轼不仅仅是他的兄长，而且还是他的老师。宋哲宗元符年间 (1098—1100)，"苏门四学士"之一的黄庭坚再次看到这幅画时，又在苏辙的题词后题了词：

> 子瞻堂堂，出于峨眉，司马严扬，金门石渠，阅士如墙。上前论事，释之冯唐。言语以为阶，而投之云梦之黄。东坡之酒，赤壁之笛，嬉笑怒骂，皆成文章。解羁而归，紫微玉堂。子瞻之德，未变于初，而名之曰元祐之党，放之朱崖儋耳。方其金门石渠，不自知其东坡赤壁也；及其东坡赤壁，不自知其紫微玉堂也；及其紫微玉堂，不自知其珠崖儋耳也。九州四海知有东坡，东坡归也。民笑且歌，义形于色，为国山河，一朝不朝，其间容戈。至其一丘一壑，则无如此道人何。

黄庭坚的题词，对苏东坡的官场起落，评价十分中肯。对苏东坡的诗词文赋、尺牍短简，评价也很高。真可谓嬉笑怒骂，皆成文章。对于这幅画，后世多有刻石。至今，江苏镇江焦山碑林还存一方，未著镌刻时间。三苏祠东园碑林有一方，为明代洪武丙子 (1396) 镌刻。可见，从宋代到现在，人们对李伯时这幅画都非常认可。"惜哉画史未造极，不作散发骑长鲸"，画史还没有发挥到极致，没有把苏东坡画成披头散发，骑着长鲸，在天空中遨游，犹如天马行空，独往独来。

第二章　三苏祠

北宋高文名父子　南州胜迹古祠堂

这不是一首诗，是一副对联。当然，也可以看作是诗句。联文的撰写者是已故的四川大学教授向楚先生。这里的古祠堂，指的就是眉山城内的三苏祠。

三苏祠原是苏氏故宅，苏轼、苏辙就出生在这里。"昔吾先君、先夫人僦居于眉山之纱縠行。"（《东坡别集》）宋仁宗景祐三年（1036）十二月十九日苏轼出生在纱縠行苏家。"十二月十九日卯时，公生于眉山纱縠行私第。"（傅藻《东坡纪年录》）宋仁宗宝元二年（1039）二月二十日，苏辙也出生在这里。

宋神宗熙宁元年（1068），苏轼、苏辙埋葬了父亲苏洵并守孝期满后，便将父母的坟墓、田产、房屋等委托给堂兄苏子明的儿子和邻居杨济甫看管，随后便带着家人到京城做官去了。从此，苏氏兄弟再也没有回过眉山纱縠行老家。苏氏老家什么样，苏轼在他的《异鹊》诗中说：

> 昔吾先君子，仁孝行于家。
>
> 家有五亩园，幺凤集桐花。

苏氏老宅不仅有房舍商铺，还有一个五亩大的园子。园内有竹柏松杉、野藤杂花，还有筑巢于低枝的雀鸟。尤其是一种珍稀奇异的叫桐花凤的小鸟，特别不怕人，常飞来停留在人的指尖上，啄食手掌中的食物。

元代眉山人为纪念三苏父子，将苏氏故宅改建为祠堂。"三苏祠，在州治西南，即纱縠行苏洵故宅，元建为祠，洪武间重修。"（《四川通志》）元代建祠，但元代文献言之甚少，或者说根本没有。倒是元代高丽国诗人李齐贤的一首《眉州》诗，说到眉山的三苏祠：

> 眉山僻在天一方，满城草木秋荒凉。
> 过客停骖必相问，道旁为有三苏堂。
> 三苏郁郁应时出，一门秀气森开张。
> 渥洼独步老骐骥，丹穴双飞雏凤凰。
> 联翩共入金门下，四海不敢言文章。
> 迩来悠悠两百载，名与日月争辉光。

这里先说作者李齐贤。李齐贤（1288—1367），字仲思，号益斋、栎翁，谥号文忠公。高丽国著名政治家、儒学家、翻译家，被誉为韩国古代"三大诗人之一"。著有《益斋乱稿》《栎翁稗说》《益斋长短句》。李齐贤自幼聪慧，十五岁进士及第，十七岁步入仕途。之后的五年里，历任西海道按廉使、进贤馆提学等职，政绩显著，声名远播。元仁宗皇庆二年（1313），高丽国忠宣王让位于太子忠肃王，自己则以太尉身份留居元大都（今北京）。他购书置万卷堂，以书史自娱。在与元朝廷达官显贵、文人学士的交往中，忠宣王深感"京师文学之士，皆天下之选，吾府中未有其人，是吾羞也"，于是召李齐贤来中国，担任他的侍从。从

1315 年初到 1341 年，李齐贤在中国生活了二十六年之久，他把中国当成了自己的第二故乡。在这期间，他游历了中国的名山大川，足迹几乎踏遍华夏之地，与当时著名文人姚燧、闵复、赵孟頫、元明善、张养浩等过从甚密，结为知己。1341 年，五十四岁的李齐贤回到高丽国，担任忠穆王的老师并编写史书。1348 年，六十一岁的李齐贤再次奉命出使元朝，回国复命后，潜心著述。

　　元仁宗延祐三年 (1316)，李齐贤以成均馆祭酒的身份奉使朝拜峨眉山，路过眉山时，顺道进入眉山城，凭吊三苏故宅，祭拜三苏父子，写下了《眉州》这首诗。从诗中可以看出，当时的眉州城草木丛生，一片荒凉，大有秋风萧瑟之意。苏氏故宅也较小，还不叫三苏祠，叫"三苏堂"。当然，也可能那时就叫三苏

▶三苏祠南大门——摄影杨正南

祠，诗人写诗，为了押韵，把它叫作三苏堂也是可能的，因为很多时候祠与堂是连在一起用的，正如本章标题"南州胜迹古祠堂"一样。祠堂虽小，但难掩一门秀杰之气。诗人最后感慨地说，三苏到现在已经有两百多年了。三苏之名气贯长虹，与日月同辉，与日月争光。这里笔者想多说两句，从元仁宗延祐三年上溯至南宋末年，将近四十年的时间，眉山城虽经朝代更替，经济衰退，秋风萧瑟，一片荒凉，但城内三苏故居处有纪念三苏的祠堂一座，且显得窄小和破败，看来祠堂应建于元代初期或南宋末期。当然，这只是笔者的推断而已。

三苏祠自元代始建，李齐贤的这首诗就成了铁证。方志上又说"明洪武间重修"。但洪武年间（1368—1398）重修的记载很少很少，且由谁来发话和主持重修，也无从查考。但明嘉靖年间（1522—1566）的重修，则是有案可稽的。这从明代眉州知州赵渊的《三苏先生祠记碑》和明代翰林学士、青神人余承勋的《苏祠祀田记》可以知道，明初祠宇已经很破败。嘉靖庚寅年（1530），巡按御使邱道隆到眉，看到三苏祠的破败景象，很不满意，指派青神县令杨麒负责重修工程，新任眉州太守莫钝也协助完成了三苏祠的重修。邱道隆还指使眉州官府为三苏祠购置祀田，招僧道或苏氏后裔来祠主持焚献或看护。

现在再说三苏祠的其他诗。先来读一读明代状元、新都人杨慎的《苏祠怀古》诗：

> 眉山学士百代豪，夜郎谪仙两争高。
> 岷峨凌云掞天藻，江汉流汤驱砚涛。
> 虎豹虬龙自登蹜，鳅鳝狐狸休舞号。
> 井络钟灵竟谁继，海若望洋增我劳。

杨慎 (1488—1559)，明代文学家、诗人，字用修，号升庵。于明正德六年 (1511) 考中进士第一，成了当届科考的状元，被朝廷任命为翰林院修撰。杨慎的政治际遇与他的崇拜偶像苏东坡有很多相似之处，苏东坡因对朝廷推行的新法有不同的看法和意见，仕途几起几落，长遭贬谪。杨慎因参与反对明世宗嘉靖皇帝封其生父为"皇考"，享祀太庙的"议大礼"事件，率群臣撼廷门哭谏，有蔑视皇权之嫌，十日之内被两次廷杖，差点被活活打死。后被长期贬戍云南永昌（今云南保山），终生不得赦免。在永昌期间，他曾多次往返于四川新都与云南永昌之间。嘉靖十年 (1531)，杨慎由新都赴黔，途经眉山，瞻谒苏祠，有感而作。从诗的内容看，杨慎没有描述三苏祠的规模和景色及内部设施，只是对三苏特别是对苏东坡以妙辞赞美。这里的学士指的是苏东坡，夜郎谪仙指的是李白，贺知章称李白有谪仙之才，李白因参与永王谋反之事被贬谪夜郎（今贵州）。

在杨慎拜谒三苏祠之前，即明成化廿一年 (1485)，眉州太守许仁曾在《眉州八景诗》的第一首《苏池瑞莲》中写道：

可人千载尚流芳，故宅池中并蒂香。
莫讶为祥兆科甲，生前元自擅文章。

从许仁的诗中可以看出三苏祠除了有祠宇，还有一个很美丽的荷花池，池中的荷花常开并蒂莲，所以荷花池又被称为瑞莲池。瑞莲池在改宅为祠之前就已经有了，本身就是苏家种荷花的池塘。眉山人认为莲花开并蒂，预示当年眉山人参加科考一定会取得好成绩。就在苏轼、苏辙参加朝廷进士考试那一年,苏家荷花池的莲花可能开了并蒂莲，眉州就有十四人考中进士。这就是苏池瑞莲并蒂兆科甲的由来。苏轼那时的苏池莲花开过

并蒂莲没有，不知道，但 2006 年，瑞莲池的莲花开出了一株娇艳的并蒂莲。这一信息在《眉山日报》、眉山电视台披露后，来三苏祠一睹并蒂莲芳彩的游人每日都成千上万。从含苞待放到鲜花盛开，从花瓣凋谢到莲蓬形成，日日都有好事者关注着它。许仁将其作为眉州八景第一景来赞美，可见当时苏池瑞莲的美丽和名气。许仁，生卒不详，广东高要进士，明成化十五年 (1479) 任眉州太守。

再看同为明代人的李长春的《谒三苏祠》三首：

徙倚孤城半草莱，西南天地见雄才。
文裁五色岷江锦，节比孤根滟滪堆。
词赋已知悬日月，精灵犹自挟风雷。
长公学士应相笑，亦向承明载笔来。

槎枒老干倚云间，疑是君家木假山。
已讶长蒿迷故宅，只留遗草照人间。
何年祠屋余孤栋，当年声名到百蛮。
一自池台零落后，春来空有水潺湲。

百坡何处问荒亭，池馆犹存菡萏青。
寂寞江山空有泪，飘零词客且无灵。
丰神夜照峨眉月，气象芒寒井络星。
欲起摩挲前代碣，绿苔苍藓已冥冥。

李长春，四川富顺人，生卒不详，万历十九年 (1591) 任礼部尚书，晚年致仕乡居。从诗的内容看，李长春拜谒三苏祠的时间应在明代晚期，是他晚年准备闲居乡里，从京城往家乡迁徙途

▶古纱縠行——摄影杨正南

经眉山时。其时，三苏祠已经十分凋敝破败。所以，诗的第一句即"徙倚孤城半草莱"。尤其是第二首全写三苏祠的颓废状况：祠堂的槎枒老树，高耸入云，多么像当年苏家的木假山；令人惊讶的是，庭院内长满了蓬蒿，把苏家故宅都遮住了，只留下离离蓑草照人间；哪年开始三苏祠的祠舍只留下孤零零的一栋；自从池台零落后，就只剩下春来水潺潺。第三首完全是作者睹物而生发出来的无限感慨："百坡何处问荒亭，池馆犹存菡萏青。寂寞江山空有泪，飘零词客且无灵。"池馆虽凋敝了，但三苏父子的光彩神韵依然存在。杨慎没有描述三苏祠的规模和环境，也没有说三苏祠的破败景象。看来杨慎看到的三苏祠虽然不壮观，但祠堂还是存在的，可能比许仁看到的三苏祠稍微陈旧一点。李长春见到的三苏祠则是破败不堪，只有孤零零的一栋房屋和几块很想

去摩挲的残碑，但那些碑已经被绿苔苍藓遮掩得模糊难辨了。

延至清代康熙四年 (1665)，眉州太守赵蕙芽主持重修了眉山的三苏祠。当时即重修了三苏祠的飨殿、启贤堂和瑞莲亭，使三苏祠重现了昔日的风采。他修好三苏祠后，心里高兴，即兴题写了两首《瑞莲亭》诗：

> 一泓十丈花茵馥，辍罦呼童分残盎。
>
> 轻风浪绿上人衣，对酌烟霞诗万斛。
>
>
> 蝉鸣竹树水鸣蛙，耳热呼庐兴未赊。
>
> 玉井匀来甘冷味，平看并蒂映青华。

赵蕙芽，生卒不详，字幼湘，直隶涞水 (今河北涞水) 人。清康熙元年 (1662) 开始任眉州牧，八年任满，有政声。尤勤于农事，眉山的黄连、董家、白家三堰由其始修。待他主持重修的三苏祠工程完成之后，他又兴办学校，派人往白下购买经史各书，召集老百姓中的颖悟者到三苏祠，延师训课。他在《三苏祠记》中说："壬寅岁，余来牧于眉，将访其遗迹而尸祝之。而眉之祀苏氏也，旧以其庐，既毁于兵，蓬蒿中仅坡公遗像一，石峡二，并池水一曲而已。呜呼，此非称贤豪间者耶，顾使之与物同朽！前守以苏氏与鹤山魏了翁同祀，余憾其非专祠，乃合复祀于旧址。眉之人，亦思其流风不忘，乃胥从事，为堂一，寝室一，复结亭于池中，为神游衍。始于乙巳中，及丙午秋，祠成。"可见，三苏祠的重修乃赵蕙芽所为。在这之前，三苏祠被明末兵燹所焚，只剩下四碑一钟，而眉山人又不忘三苏，所以把三苏的神位与魏了翁同祠祭祀。方志上记载，魏了翁祠在现今府街某处，亦即眉州学宫的旁边，魏了翁任眉州太守时，曾在学宫旁设眉州书院。赵蕙芽在三苏祠原址，即苏宅故居处，重修了三苏祠。所以我们常说，三苏祠是1665年重修的。

在这之前，率清军入川并进入川西战役的清军首领之一的朱嘉征也三次路过眉山，他在《三苏祠游记》中说："初入眉，春城草木极望，虎豹守其间，不得上。再至，命工斩木杀荆，烧草除道，用爆竹先驱，始得达，乃知为苏文公故居耳。址方顷亩，圜之废沼者，故瑞莲池也。迨戊申之秋，则三过之，牧伯赵幼湘，归自李大司马军 (李国英，清军入川总指挥。其时赵幼湘为李国英幕僚)，不数月，祠宇焕然兴举矣。邀余并马，命酒落之。纵之为道者，横之为径者，昔豺狼之所嗥，枳棘之所从也。有冀其门，如翚斯宇，其室冥冥，寝成燕处。爰指某树曰'此文公所手植也'。复周览池曰'此公所尝钓游也，芰荷自名瑞莲者也'。"

从赵蕙芽的诗中可以看出，现在三苏祠大门内那棵老干虬曲、枝叶婆娑的老榕树还真是苏洵亲手所植的榆树上寄生的。榕树长得快，长大后取代了榆树。飨殿背后的苏宅古井也是苏家的原有故物，也就是赵蕙芽所说的"玉井"。

再后来，清朝多任眉州太守不时地对三苏祠增修和补葺，比如黄元英 (澹庵)、蔡宗建 (毓荣)、赵来震等。黄元英为三苏祠置买祀田，以收租谷，招僧道主持三苏祠焚献，以保护祠堂。蔡宗建主持增修了三苏祠的廊房，并题写了三苏祠的飨殿名匾"是父是子"。赵来震则主要是修建了木假山房。众多的文人太守对三苏祠的重视和青睐，或慷慨解囊，或集资筹款，使三苏祠形成了五殿堂十二亭榭的清代建筑群。

民国时期短暂，又战事频仍，但眉山专署和县府对三苏祠的管理始终未停，祠内建筑也不时增修和维修。这始终得益于黄元英为三苏祠购置的祀田，不然钱从何来。

这里要提到两个人，一是民国军人陈国栋。陈国栋，字益廷，四川郫县（今郫都区）人。1918年担任四川陆军第二师辎重旅旅长。1924年晋升为陆军中将加上将衔。1936年，陈国栋脱离军界。1918年，陈国栋率军驻眉山时，睹物思贤，"慨然有志于培修"。在他的主持下，三苏祠的培修工程秋季动工，第二年六月完工。消寒馆、启贤堂、快雨亭、披风榭、抱月亭、绿洲亭（原名水竹轩）、云屿楼（原名东坡楼，乃四川学政使张之洞来眉时，建议眉山人修建的）、瑞莲池西的洗墨池（洗砚池）等亭池楼阁修建完成，使祠堂焕然一新。维修之后，陈国栋将驻军司

▶瑞莲池——摄影杨正南

令部移入祠中，不对外开放。后部队移防，陈国栋的驻军司令部也一并搬走，三苏祠重新向游人开放。陈国栋驻军苏祠期间，耳濡目染，感受到三苏文化的博大精深，于是以军旅文人的情怀，撰写了一副长联：

参谒觉殊迟，公昔辅宋摅忠，媲美韩欧，仅慕英风披大箸；
从戎嗟太早，我愿投戈讲艺，再携铅椠，来游此地拜先生。

此联一直悬挂于三苏祠飨殿前，为三苏祠名联之一。

再说第二人余安民。余安民，民国时期四川省第四行政督察区专员公署（眉山专署）专员，生平不详。但他为眉山所做的事，确为眉山人难以忘怀。眉山城明末被焚后，虽经清代不断振兴，但还是没有恢复到五代时期的城市建筑规模，只剩下了九街十八巷的小城规模。除原来筑城时，城墙内留下的一千余亩耕地外，许多街巷、民居沦落为菜地和耕地。三苏祠门前就是一片庄稼地，一直延续到西南的城墙边。余安民任眉山专署专员时，正是抗日战争爆发之前。为训军旅，奉上级命令，余安民将三苏祠门前将近四十亩土地辟为广场，名为苏祠坝。他还在苏祠坝的东头修了一座高大的检阅台，检阅台正梁上的题款者就是专员余安民。文史资料记载，冯玉祥将军到眉山作抗日募捐演讲，就是在这个检阅台上进行的。后来，这个苏祠坝被改成了体育场。再后来，也就是眉山建市以后，体育场被废，由开发商建成了"宋城商贸"城。余安民对眉山的贡献还在于对三苏祠的保护，这里从三苏祠的三通保护碑说起：1936 年，国民革命军 17 师移防眉山，司令部和部队进驻三苏祠，使三苏祠成了兵营马厩。游人被拒之门外，对三苏的祭祀也被迫停止。眉山人将情况反映到县府、专署，希望政府能出面，让部队撤出三苏祠。专员余安民根

据大家的意见，即向省、民国中央政府 (四川行营) 呈报。随后，四川省善后督办、"中华民国"四川省政府、民国中央政府分别于民国二十五年 (1936) 六、七、八月发布布告，明令保护三苏祠。

"历有名流，时多题咏"。这不是溢美之词，而是恰如其分。明清以来，凡经眉山的文人墨客、官绅大员莫不对三苏崇敬有加，对三苏祠赞不绝口。他们或赞三苏祠景致，或赞三苏的立身处世、文学功德。先读王士禛的《眉州谒三苏公祠》：

> 双柏轮囷溜霜雨，廷立冠剑古丈夫。
>
> 长公遗像龙眠笔，马券剥落涪翁书。
>
> 残碑插笏尚林立，紫藤碧藓缠龟趺。
>
> 祠西一水最萧瑟，经霜菡萏犹扶疏。
>
> 甘蕉十丈覆檐溜，落花乱迸红珊瑚。
>
> 当年结构不草草，要令咫尺成江湖。

这是王士禛长诗的节选部分。王士禛 (1634—1711)，清代诗人。死后因避雍正讳，称士正。乾隆时，诏命改称士禛。顺治进士，官至刑部尚书，谥文简。"双柏轮囷"指的是三苏祠飨殿前院坝中的两株古老而又巨大的柏树，传为苏洵亲手所植。二十世纪七十年代，柏树逐渐枯槁，被砍掉。"长公遗像"指的是前面提到的"东坡盘陀画像碑"。"马券剥落"指的是三苏祠明代末年被焚后剩下的两方碑，一方刻苏东坡送马给学生李方叔时写的马券和苏辙的赞诗，一方刻黄庭坚写的赞词，也就是通常所说的《马券碑》。

"祠西一水"指的是瑞莲池。

有一个叫吴树萱的清代诗人，曾担任过四川学政使。他的诗 (节录) 写道：

> 堂构巍然仰佩裘，此邦文献壮千秋。
>
> 莲枯池水鱼沉墨，柏荫山堂树作虬。

"鱼沉墨"指的是三苏祠园内的东坡兄弟洗砚池，传说池里的鱼喝了苏氏兄弟的墨水，由白色变成了黑色，至今依然是黑色的。

还有一个叫胡章的军人写道（节录）：

> 祠外古柏冻老蛟，瘦身铁爪攫霜淞。
>
> 木假山堂缀疏桐，疏枝小落桐花凤。
>
> 廨左莲池菡萏双，占应贤书有士贡。
>
> 庑廊石刻开墨林，墨志潇洒关飞动。

这里节选的八句诗，也是描述三苏祠的景致的。古柏、木假山堂、瑞莲池、碑廊、洗砚池，这些祠内景点十分吸引游人。

《蜀游草》的作者周厚辕在《游三苏祠留题》（节录）中写道：

> 平生有梦到眉山，此日升堂及秋杪。
>
> 分明旧宅肃衣冠，忆似趋庭对昏晓。
>
> 抚碑得识李氏骅，访古因知任家媪。
>
> 醉时意态最清真，席上开置都完好。

诗的前面有序文："祠是苏家故宅。有老榆大数围，是老泉手植，荷花亦其遗种。池中鱼墨色，云是老苏洗砚处。颍滨赞李伯时所画《东坡盘陀石像》在祠中，即山谷所谓极得其醉时意态者也。《马券碑》《乳母碑》皆后人摩刻，已泐矣。偕游者，摄州事彭锡珖、州判窦玉枢、吏目慕相文。"诗中的李氏骅指的是《马券碑》。任家媪指的是苏轼的乳母任采莲。任采莲先是苏八娘的乳母，苏轼出生后又成了苏轼的乳母。苏轼的父母去世后，苏轼一直将乳母供养在自己的身边。一直到苏轼贬官黄州时，任采

莲才年高去世。任氏去世后，苏轼为她写了墓志铭。这里的任家
媪指代乳母碑，乳母碑的碑文即苏轼所写的《乳母任氏墓志铭》。
醉时意态指的是《东坡盘陀石像》碑。

　　周厚辕，清代湖口人，号载轩、驾堂，乾隆进士，官至户部
给事中。他在四川各州府视事很久，来眉州应该是乾隆五十九年
（1794）的秋末。诗序中说他来眉州，州牧、通判、吏目都来陪
同。《眉山县志》记载，州牧（摄州事）彭锡珑于乾隆五十九年
摄州事。第二年，摄州事者已经变成了涂长发。

　　彭锡珑有和诗，诗（节录）中写道：

木假山堂室宛然，瑞莲亭下鱼游沼。

玉鼻骓曾御苑移，任家母共余杭饱。

褰裳妙笔合龙眠，盘石烟云互回抱。

摩挲幸有遗迹在，曲槛疏棂对青宵。

　　彭锡珑的诗也提到马券、乳母、盘陀画像三碑、木假山和瑞
莲池等。这里重点说一说马券碑。前面已经说过，三苏祠的马券
碑存石两方，均为青石质。第一方石刻苏轼手书的马券，何谓马
券？即苏轼送马给学生李方叔的赠送凭证。送马为何要写凭证？
因为这匹叫玉鼻骓的马不是一匹普通的马，而是皇帝从御苑中挑
选出来赐给苏轼的皇家宝马。宋哲宗元祐年间（1086—1094），
苏轼回朝任翰林学士知制诰、端明殿侍读学士、礼部尚书，既是
朝廷高官，又是哲宗皇帝的老师，可谓名满天下。皇帝既尊重他
又感谢他，所以送了他一匹马。苏轼担任礼部尚书时，主持了当
年的进士考试。他的学生李方叔也参加了科考。可惜，李方叔学
识未丰，或者说没有掌握科考的窍门，结果名落孙山。苏轼很遗
憾，李方叔也很悲观，发誓从此不再参加科考。李方叔家境贫

寒，但很有志气，不愿接受别人的救济。苏轼知道他这个学生的怪脾气，送他钱财他肯定不收，于是将皇帝赐给他的御马转送给李方叔。李方叔平时吃饭都成问题，怎能养得起这匹宝马？苏轼知道他养不起，一定会把它卖掉。可这匹马又不是一般的马，是不能随便在市场上交易的，必须由受马人出具凭证。所以，苏轼在送马给李方叔的同时，又写了一张送马凭条给李方叔。这张条子就是马券。苏轼这样写道：

> 元祐元年，予初入玉堂，蒙恩赐玉鼻骍。今年出使杭州，复沾此赐。东南例乘肩舆，得一马足矣。而李方叔未有马，故以赠之。又恐方叔别获嘉马，不免卖此，故为出公据。四年四月十五日，轼书。

明代所刻马券碑之后还刻有苏辙的《奉和李方叔诗》一首和诗序，因年久，碑刻字迹已严重剥蚀，无法辨认。第二方石刻黄庭坚书赠李方叔文，也可看作是马券的跋文：

> 翰林苏子瞻所得天厩马，其所从来甚宠，加以妙墨作券，此马价应十倍。方叔豆羹常不继，将不能有此马御。以如富贵之家，辄曰：非良马也，故不应入。夫天厩虽饶马，其知名绝足，亦时有之，尔岂可求锡马尽良也。或又责方叔受翰林公之惠，当乘之往来田间，安用汲汲索钱。此又不识痒痛者，从旁论砭疽，尔甚穷亦难忍哉！使有义士能捐二十万并券与马取之，不唯解方叔之倒悬，亦足以豪矣。众不可盖遇人中磊磊者，试以予书示之。

> 元祐四年十月甲寅，黄庭坚书赠李方叔。

看来苏轼在几年之内得到两匹马，他把其中一匹送给了李方叔，并且为李方叔出具了公据，即赠马凭证。这在宋代，在苏东坡那个时代是一件非常轰动的事情。好事永世流传，所以马券及马券碑从宋代传到现在还经久不衰。

还是用清代诗人吴树萱的诗来结束马券碑的叙述吧：

> 挑灯夜读龙眠画，别薛重寻马券碑。
>
> 方叔豆羹能继否？涪翁墨妙乃贻之。
>
> 故知玉鼻非凡相，却叹风烟阅旧祠。
>
> 元祐四年四月日，一行款识万年垂。

清代还有不少写三苏祠的诗，比如杜衍庆的《游三苏祠》之一：

> 访古纱縠行，萧然离尘垢。
>
> 云木亘长垣，池亭静清昼。
>
> 黄冠三五人，导客曳长袖。
>
> 摄衣试升堂，遗像列左右。

又如何绍基的《题三苏词》之四：

> 冒雨来眉州，驻节三苏里。
>
> 西邻木假山，中隔一垣耳。
>
> 开径仍设门，古贤亲尺咫。
>
> 瞻像且读碑，看竹还听水。

何绍基，清代诗人、书法家，字子贞，号东洲，湖南道州（今湖南道县）人。道光进士，官至翰林院编修、四川学政使。咸丰癸丑年（1853）五月，何绍基以四川学政的身份到眉州主持州学考试。清代眉州的考棚（试院）就设在三苏祠的东垣墙外，后来成了城关第一小学，再后来又成了苏祠初级中学。2008 年，苏祠中学搬走，政府将这块近十亩的土地划给三苏祠。三苏祠将这片土地建为东园，陈列三苏祠的历代碑刻；又建晚香堂，陈列三苏祠的文物。清代修考棚时，即在垣墙上开了一道门。此门平时关着，考试时打开，便于考生和监考官员进三苏祠休息。

何绍基这组诗的跋文写道："眉州试毕，数谒三苏。祠与试院仅隔一墙，因通门以便瞻憩。扃试时，乃闭之也。廖仁甫直牧、陈恺人大令，置酒木假山堂，即事有作。时咸丰癸丑五月，道州何绍基。"

就在这次主持眉州考试后，眉州牧和眉山县令设宴款待何绍基与襄校等人，地点仍然在三苏祠内。天气炎热，大雨骤至，可能当时何绍基脱口而出："快哉此雨。"州牧廖仁甫、县令陈恺人请何绍基为设宴的这个屋子写一个门匾。何绍基没有推辞，立

▶飨殿——摄影杨正南

即提笔篆书了"快雨亭"三字。停了一会儿，似乎觉得还未尽意，何绍基又在后面题写了一段跋文："眉州试后，宴集三苏祠，方值炎热，狂雨骤至，余与襄校诸君皆欢饮至醉。主人廖仁甫司马、陈恺人大令甚喜，嘱篆此额以记东。时癸丑五月十一日，次日即往嘉州矣。道州何绍基。"这段题款对三苏祠来说太重要了！三苏祠在何绍基之前有没有门匾？谁题写的？没有文献记载，更没有照片这样的影像资料可查。有了这段题款，后来，三苏祠的管理者利用款中的"三苏祠""咸丰癸丑五月""道州何绍基"制作了三苏祠的大门匾。来三苏祠拜谒的游客，只觉得三苏祠的门匾写得很好，却不知道其来历。在下在这里给大家释疑解惑了。

现代也有不少文人学者题咏三苏祠的诗，如苏仲翔的《壬戌三月初游眉山即兴》：

古祠初葺祀三苏，木假山前影不孤。
自是文豪工造语，风行水上客来初。

故处乔木尚风烟，古井黄荆不计年。
白发黄州来万里，文波墨海一源连。

又如郑临川先生的《谒三苏祠咏成三绝》之三：

祠前银杏两交柯，映照苏门才哲多。
山水钟灵应不负，西川儿女莫蹉跎。

此诗不仅写了三苏祠，还对西川后学给予勉励：不要辜负了山水钟灵、孕奇蓄秀的这片热土。

第三章　三　苏

一门父子三词客　千古文章四大家

这不是诗，而是三苏祠的一副对联，当然也是对仗工整的诗句。一看这副对联，就知道是在说三苏父子。

三苏，大家都知道，指的是苏洵、苏轼和苏辙。他们是宋代四川眉州人，是三苏祠的主人，是北宋时期的著名文学家。父子三人在唐宋散文八大家中占有三席，苏轼更被誉为"唐宋八大家之首""千古第一文人"。三苏之名始见于宋朝王辟之的《渑水燕谈录》："苏氏文章擅天下，目其文曰'三苏'。盖洵为老苏，轼为大苏，辙为小苏也。"陆游在他的《老学庵笔记》中说：苏文生，吃菜羹；苏文熟，吃羊肉。可想而知，三苏的文章在当时和之后的科考中产生了多么大的影响。

联文撰写者和书写者是清代四川遂宁人张鹏翮。张鹏翮，字运青，康熙进士。累迁河道总督，长于治河。凡所经画，无不完固。雍正初拜武英殿大学士。因能授任，持大纲，去烦细，时称贤相。上联很好理解，说的是三苏祠的主人、宋代大文豪苏洵、苏轼、苏辙父子三人。下联的四大家说法较多，比较集中的说法

有两种：一是在唐宋散文八大家中，名气最大，成就最高的是韩愈、柳宗元、欧阳修、苏轼四人，他们都在各自的时代充当了古文革新运动的旗手和文坛领袖，而且都有不少的惊警动人的文章、诗词作为后人学习的典范；二是指三苏父子再加上苏轼的小儿子苏过（字叔党，号斜川居士）合称四大家，苏过有文学集《斜川集》流行于世。在这里，笔者赞同第一种说法。

从宋到今，贬低诋毁三苏父子的人，有之；赞美歌颂三苏父子的人，亦有之。贬低诋毁者只是极少数，且主要是从政治角度来说事；赞美歌颂者则是从三苏父子的人生、处世、为官、诗文创作等各个层面给予褒扬和赞颂。这方面的诗文太多，本书的主旨是说眉山。因此，只在歌颂三苏、三苏祠的诗文中选取部分，以飨读者。

▶三苏祠前厅

先来读一读清代建南观察使徐长发的《游三苏祠二十韵》（节录）：

峨眉钟人杰，风流异代香。

韬光同虎豹，济美获鹓鸾。

学晚乃先达，才高独辨奸。

清芬资继起，伟略寄微官。

玉笋班联秀，金莲光并烂。

一堂文献续，四海兄弟难。

宰相名偏早，台臣法未宽。

巢痕新已扫，宦兴久将阑。

风雨连床约，江湖易地观。

青山萦旧梦，白发渺承欢。

大笔追秦汉，雄篇接杜韩。

以上十一韵是说三苏父子的。"学晚乃先达，才高独辨奸"说的是苏洵。苏洵二十七岁以前没有认真读书，更多的是游山玩水，接触社会，增加自己的社会见识，属于游学范畴。他也曾参加朝廷的进士考试，但遗憾得很——每次都名落孙山。有一天，他对妻子程氏说，我觉得我还是应该读书才有更好的前途，但我读书去了，一家人的生活又咋办呢？夫人程氏说，如果你有志于刻苦读书，家里的生活交给我好了。苏洵在夫人的支持下刻苦研读经史，研究古今治乱成败的经验与教训，有点类似今天的硕士、博士研究生课程。不过，他没有导师，自己既是学生又是导师。他一面研读，一面将自己的心得体会写出来，就像我们今天所说的论文。几年之内得论文数十篇，他还将论文分为"权书""几策""论衡"几大类。待到送两个儿子进京参加朝廷进士考

►苏洵坐像——摄影杨正南

试时，他将自己写的论文呈给翰林学士欧阳修看。欧阳修读后，认为苏洵的文章写得很好，都是有用时文，并将其转呈给朝廷。朝廷重臣们读了苏洵的文章，也都认为很好。一时，苏洵名动京师，一介布衣成为宰相韩琦的座上宾，并经常与欧阳修、梅尧臣、张方平、富弼、王珪、王安石等聚会。几年之后，苏洵未经考试被朝廷任命为秘书省校书郎。"学晚""先达"和后面的"伟略寄微官"写的都是苏洵的故事，所以古代的启蒙教材《三字经》说："苏老泉，二十七，始发愤，读书籍。"

　　"才高独辨奸"，说的是苏洵在与京城的达官显贵交游和聚会过程中发现王安石每次聚会都不修边幅，少言寡语，不苟言笑，不知他在想什么。所以，他不太喜欢王安石。多次接触之后，他越看王安石越觉得他像奸臣，于是回到家中，以王安石的模样写了一篇文章——《辨奸论》。文章虽然写出来了，但他还是没胆量公开示人，只给老朋友张方平看了。张方平读了之后很吃惊，也很解气。文章虽然没有点王安石的名，但明眼人一看就知道苏洵刻画的奸人就是王安石。张方平以在朝廷打拼多年的老政治家的经验告诫苏洵，此文不可轻易示人。若知道的人多了，尤其是让王安石知道了将后患无穷。苏洵笑了。他对张方平说，我这篇文章是写来玩的，没针对任何人，也就是给你看，当然不会散发到社会上去。张方平将这篇文章收了起来。后来，张方平的女婿在编辑张方平的文集《乐全集》时，将《辨奸论》收入集中，并注明此文是苏洵写的。而且张方平还为苏洵写了《文安先生墓表》，在文章中公开说苏洵写了《辨奸论》一文。这就铸成了中国文学史上的一桩公案：有人认为此文是苏洵写的，有人认为是张方平的女婿写的，假借苏洵之名，塞入《乐全集》中。从宋到现在都有人在争论。笔者不对这件事做学术考辨，但认为这篇文章为苏洵所写。我们不妨来读两段《辨奸论》的叙述：

> 事必有至，理有固然，惟天下之静者乃能见微而知著。

> 月晕而风，础润而雨，人人知之。人事之推移，理势之相因，其疏阔而难知，变化而不可测者，孰与天地阴阳之事？而贤者有不知，其故何也？好恶乱其中，而利害夺其外也。

苏洵的意思是世间的事理的发生发展都是有征兆的，他还列举了事例来证明自己的观点：羊祜见王衍时说"误天下苍生者，必此人也"，郭子仪初见卢杞时说"此人得志，吾子孙无遗类矣"。下面这段文字，则是暗指王安石了：

今有人口诵孔、老之言，身履夷、齐之行，收召好名之士、不得志之人，相与造作言语，私立名字，以为颜渊、孟轲复出。而阴贼险狠，与人异趣，是王衍、卢杞合而为一人也，其祸岂可胜言哉？夫面垢不忘洗，衣垢不忘浣，此人之至情也。今也不然，衣臣虏之衣，食犬彘之食，囚首丧面而谈诗书，此岂其情也哉？凡事之不近人情者，鲜不为大奸慝，竖刁、易牙、开方是也。以盖世之名，而济其未形之患，虽有愿治之主，好贤之相，犹将举而用之。则其为天下患，必然无疑者，非特二子之比也。

苏洵认为平时囚首垢面、不修边幅、做事不近人情者，很少不是大奸臣的，将来必定是天下之大患。

"宰相名偏早"说的苏轼和苏辙兄弟二人在宋仁宗嘉祐二年（1057）双双考中进士，又被置于高等，两年之后又参加朝廷的制科考试，苏轼入三等，苏辙入四等。三等是宋代制举的最高等，一、二等从来没有人考中过，是虚设。即便是三等，在苏轼之前也只有一人考中过，苏轼之后也只有两人考中。考中四等者，也不到二十人。苏轼、苏辙制科入高等后，仁宗皇帝回到后宫，高兴地对皇后曹氏说"我为子孙选拔了两个宰相人才"。可惜苏轼名气很大，一直在宦海中沉浮，始终没有当上宰相或副宰相的官。苏辙在宋哲宗元祐年间（1086—1094）终于登上了副宰相的位置，但任副宰相的时间也相当短暂。

"台臣法未宽"说的是苏轼被捕入狱之事。北宋王朝在熙宁年间（1068—1077）任命王安石为相，实行变法。苏轼因对王安石的变法在速度、用人、个别法令条文上有不同的看法和意见，除了在朝堂上与王安石等人争论外，还上书皇帝奏论新法的不妥，并称新法扰民，被王安石贬出京城，到地方任职。他在地方任上，对新法采取了三种态度，一是"因法以便民，民赖以少安"，也就是执行新法，但要根据地方的特点，以利于百姓的方式进行；二是拖延时间缓慢执行；三是他认为特别扰民的法规法令则拒不执行，同时向朝廷陈述其利害。比如"手实法"，他就不执行，还向朝廷反映这个法令不妥。后来朝廷也觉不妥，便下令废止了。不仅如此，他还不断地写诗作文讽刺朝政，抨击新法。于是有人将苏轼对朝廷、对新法不满的诗文收集起来，做成一个黑材料，上书给神宗皇帝。开始看到这份材料时，皇帝也没把它当作大不了的事，认为那只是文人在写诗作文时惯用的比兴手法。但在御史们众口一词地攻击苏轼的情况下，皇帝不得不命令御史台派人去湖州把苏轼叫回京城，要他"说清楚"写诗的问题。但是御史台官员错误地理解了皇帝的意思，派人到湖州将太守苏轼以罪人之身逮捕了，武装押送到京城，投入御史台监狱，这就是震惊朝野的"乌台诗案"。苏轼在御史台监狱中被关了一百三十二天，最后被贬为"检校水部员外郎、黄州团练副使、本州安置，不得签书公事"的虚职，以罪人的身份编管黄州。这就是诗人说的"台臣法未宽"。

"风雨连床约"说的是苏轼与苏辙兄弟俩感情很好。有一次，苏辙送苏轼远行，在一个旅店中住宿，适逢天降大雨，兄弟俩对床摆谈多时，而且约定：等将来老了，找一个地方隐居下来，在一个房间内安两张床，两兄弟躺在床上摆谈龙门阵，探讨问题。成语"对床夜语"就是从这个故事来的，说的是兄弟之间情谊深厚。

再来读涂长发的《谒三苏祠》：

> 蜀中自古称才薮，司马渊云谁与偶。
>
> 眉山父子擅英才，崛起西南今不朽。
>
> 老泉晚学收名远，辨奸论似蒲牢吼。
>
> 二子名说定终身，昆弟奇才重朝右。
>
> 长公高世物争仇，箕张其舌牛奋口。
>
> 劲节凌霄千丈松，笔端气挟风云走。
>
> 次公谨重承家学，贤相预储施未久。
>
> 一门忠义贯坤维，不独文章夸九有。
>
> 我惭捧檄来此邦，敬礼先贤酹杯酒。
>
> 巷名纱縠神所栖，祠宇遗基今是否。
>
> 古榆风动影婆娑，瑞莲香霭生池藕。
>
> 忆从束发读遗编，今日登堂重檐首。
>
> 为勤黝垩庙貌新，仪型如在神山斗。

涂长发，字松岩，江南江宁（今南京）人。举人出身，乾隆六十年（1795）升任眉州太守。慈惠廉明，多所兴举：修眉州城墙，纂《眉州州志》，培修学校。发现有可造就的知识分子，他便拿出个人积蓄资助之。每会课，口讲指画，像老教书先生一样。一时孝廉拔贡，多出其门。看来涂松岩不仅是一位称职的太守，更是一位教育家。诗中说四川这个地方自古以来就是才子的摇篮，汉代就有司马相如（字长卿）、王褒（字子渊）、扬雄（字子云），谁能与他们为伍呢？那就只有三苏父子了，眉山的三苏父子崛起之后，迅速成为不朽的人物。巷名纱縠，是说苏氏故宅三苏祠在一个名叫纱縠行的古街巷内。

"辨奸论似蒲牢吼"说的是苏洵的《辨奸论》一文就像古代

传说中的一种叫蒲牢的兽的吼叫。蒲牢很怕鲸，鲸攻击蒲牢，蒲牢便大声吼叫。后来制作钟的匠人，想使钟的声音响亮，便铸蒲牢在钟上。用来撞钟的木头就是鲸，钟的顶上穿挂铁索的兽钮就叫蒲牢。用今天的话来解说涂长发这句诗，就是苏洵的《辨奸论》为世人敲响了警钟。

"二子名说定终身"说的是苏轼、苏辙兄弟俩要入学了，父亲苏洵给兄弟俩取了名，并且写了一篇短文《名二子说》，说明了二子名"轼"与"辙"的深刻含义：

> 轮辐盖轸，皆有职乎车，而轼，独若无所为者。虽然，去轼，则吾未见其为完车也。轼乎，吾惧汝之不外饰也。天下之车莫不由辙，而言车之功者，辙不与焉。虽然，车仆马毙，而患亦不及辙，是辙者，善处乎祸福之间也。辙乎，吾之免矣。

▶苏轼坐像——摄影杨正南

轼是车前面的横木，是站在车上举目远望时手和身的依托；辙是车行过后留下的痕迹。轼暴露在外，很容易被伤害；而辙留在车后地上，车毁马亡都与辙无关。苏洵为两个儿子取就的名，昭示了两兄弟一生的遭遇：苏轼一生仕途坎坷，宦海沉浮，被捕入狱，险遭不测。中年谪居黄州（今湖北省黄冈市黄州区），晚年谪居惠州（今广东惠州）、儋州（今海南儋州）。可谓一生磨难重重。而苏辙一生平淡，处于祸福之间。所以，诗说"二子名说定终身"。

这里再举杜衍庆的一首诗：

> 书著权衡笔有神，二公继起健无论。
>
> 少承家学文何肆，晚历时艰气不驯。
>
> 天遗此才传此集，我因斯道惜斯人。
>
> 苍茫古意凭谁识，笑倩黄冠荐藻萍。

"书著权衡"说的是苏洵的"权书"和"衡论"两类论文，这里代指苏洵的所有文章。"少承家学"说的是苏轼、苏辙承继了苏洵的学术渊源，这表现在苏轼和苏辙在参加制科考试时奉命撰写的"策论"里面。何绍基的《题三苏祠》，与此诗观点有点相同：

> 老泉平生学，精力萃礼书。
>
> 几权经史论，词笔乃绪余。
>
> 或传或不传，有幸不幸欤。
>
> 譬若汶江源，万象咸包储。
>
> 坡颖扬其波，汪洋赴归墟。
>
> 愿告学古人，须识权与舆。

▶苏辙坐像——摄影杨正南

东坡与子由，双凤高其翔。

同时富豪俊，几人能雁行。

文章合气节，固为百世望。

乃其浩荡怀，得失皆两忘。

巢痕满台阁，春梦落蛮荒。

尚友天下士，何处非吾乡。

有田竟不归，投老颍与常。

惟余听雨约，魂魄在兹堂。

"老泉平生学，精力萃礼书"是说苏洵一生所学，都集中在了礼书中。前面说过苏洵因为自己所写的时政论文受到朝廷的重视，被破格任命为秘书省校书郎，后朝廷要编纂宋太祖建隆以来的礼书，任命他为霸州文安县主簿，与项城令姚辟一起同修。待修好礼书《太常因革礼》一百卷，还未呈送朝廷审阅时，他就积

劳成疾，病死了。

"坡颍扬其波"是说苏东坡和苏颍滨，继承家学，而且使家学发扬光大。"投老颍与常"，苏辙元符年间（1098—1100）从雷州贬所北归，决定定居河南颍昌，并写信让苏轼遇赦北归以后，也到颍昌，与他一起居住。但苏轼从海南北归到雷州见到苏辙的信，认为残酷的党争还未结束，且他的家人都安置在常州府的阳羡（今江苏宜兴），他多年前在那里买了房屋和田地。所以，他决定定居常州。

"巢痕满台阁，春梦落蛮荒"是说苏轼、苏辙兄弟二人在朝廷多个部门任职，苏轼熙宁年间（1068—1077）在朝廷担任过直史馆官员、开封府推官，元祐年间（1086—1094）在朝廷担任过起居舍人、翰林学士知制诰、兵部尚书、礼部尚书、端明殿学士。苏辙元祐年间（1086—1094）在朝廷担任过吏部尚书、门下侍郎，也是翰林学士和端明殿学士。所以说他们是巢痕满台阁。苏轼晚年被贬谪至儋州，一日遇到一位老婆婆。老婆婆听别人称呼苏轼为"苏内翰""苏学士"，便率直地对苏轼说，昔日的学士、内翰，不过是过眼云烟，春梦一场。所以说"春梦落蛮荒"。

说到人们对三苏的评价，从苏轼成名时就有了。因苏轼名气太大，故赞颂他的历代名人有很多，几乎湮没了苏洵和苏辙。这里选几个时段的名人的诗来说一说苏轼的事。先读张方平的《送苏学士钱塘监郡》：

> 趋时贵近君独远，此情于世何所希。
> 车马尘中久已倦，湖山胜处即为归。
> 洞庭霜天柑橘熟，松江秋水鲈鱼肥。
> 地邻沧海莫东望，且作阮公离是非。

张方平（1007—1091），字安道，号乐全居士，官至参知政事，以太子少师致仕。张方平在三苏父子出川、出名、出政绩方面起了很大的作用，可以说是三苏父子的伯乐：苏洵出川是张方平向欧阳修推荐的，苏轼、苏辙的学识也是张方平给予鉴定和指导的，苏辙在考中进士后很长一段时间都在张方平身边，实际上是张方平的幕僚和秘书。这首诗说的是苏轼在京任职时，正好王安石为相，积极准备变法，推行新政。其时韩琦、张方平等一大批元老重臣都反对。苏轼因种种原因，对王安石的变法颇有微词，进而上书皇帝，言说新法的不妥。之前，王安石还想拉苏氏兄弟进他的变法阵营，当得知苏轼的态度后，立即任命他为开封府推官，想以此困住他，不要管变法的事。但《宋史》说苏轼在开封府任上"决断精敏，声闻益远"，说他对所涉的案件，判断十分准确，处理也非常精准和敏捷。干完公事，苏轼又来研究王安石的变法。当王安石读到苏轼的《上神宗皇帝书》和《再上皇帝书》，其中说皇帝"求治太急，听言太广，进人太锐"的三言，实则是指斥自己的新政。他再也忍不住了，于是将苏轼赶出京城，让他到杭州当通判。张方平这首诗就是送苏轼赴杭州任通判时写的。诗中"趋时贵近"，说的是王安石变法时，很多人都趁机巴结王安石，希望得到重用，很多人都以与王安石亲近为荣，而苏轼却独自到远方去。实际上作者是赞扬苏轼不趋炎附势，并且宽慰苏轼，说钱塘是个好地方，好好在那里生活，远离是非之地，像阮籍一样避世而求自安。

　　再读学生李廌《祭东坡》：

　　　　德尊一代，名满五朝。道大不容，才高为累。
　　　　惟才能之盖世，致忌嫉之深仇。

久蹭蹬于禁林，不遇故去；遂飘零于瘴海，卒老于行。

方辛赐还，忽闻亡鉴。

识与不识，罔不尽伤，闻所未闻，吾将安仿！

皇天后土，鉴平生忠义之心；

名山大川，还千古英灵之气。

系斯文之兴废，与吾道之盛衰。

兹乃公议之共忧，非独门人之私议。

此乃苏东坡逝世后"苏门六君子"之一的李方叔写的祭文。据《曲洧旧闻》载："东坡之殁，士大夫及门人作祭文甚多，惟李廌方叔文尤传，如'道大不容，才高为累。皇天后土，鉴平生忠义之心，名山大川，还千古英灵之气，识与不识，罔不尽伤，闻所未闻，吾将安仿'，此数句，人无贤愚，皆能诵之。"

再来读南宋状元王十朋《读东坡诗》：

东坡文章冠天下，日月争光薄风雅。

谁分宗派故谤伤，蚍蜉撼树不自量。

堂堂天人欧阳子，引鞭逊避门下士。

天昌斯文人才出，先生弟子俱第一。

天人诗如李谪仙，此论最公谁不然！

词无艰深非浅近，章成韵尽意不尽。

味长何止飞鸟惊，臆说纷纷几元稹。

浑然天成无斧凿，二百年来无此作。

谁与争先惟大苏，谪仙退之非过呼。

胸中万卷古今有，笔下一点尘埃无。

武库森然富搞掞，利钝一从人点检。

暮年海上诗更高，和陶之诗又过陶。

地辟天开含万类，少陵相逢亦应避。

北斗以南能几人？大江之西有异议。

日光一洁一退之，亦言能文不能诗。

碑淮颂圣十琴操，生民清庙离骚词。

春容大篇骋豪怪，韵到窘束尤瑰奇。

韩子于诗盖余事，诗至韩子将何讥！

文章定价如金玉，口为轻重专门学。

向来学者尊西昆，诗无老杜文无韩。

净扫书斋拂尘几，瓣香敬为三夫子。

王十朋（1112—1171），字龟龄，号梅溪，浙江温州人。绍兴二十七年（1157）举进士第一，官至龙图阁学士。王十朋对苏东坡十分崇拜，诗中赞扬苏东坡"胸中万卷古今有，笔下一点尘埃无"，还说苏东坡暮年的诗艺术价值更高，诗的内容开天辟地、包罗万象，就算是杜少陵（甫）遇到苏东坡，也要回避。王十朋对苏东坡还做了一件十分重要的事情，他收集和整理编纂了自宋赵夔开始的对苏东坡诗的集注本，书名就叫《王状元集诸家注分类东坡先生诗》，这对于东坡先生诗的传播和研究意义重大。需要说明的是，现在三苏祠博物馆收藏有宋刻本《王状元集诸家注分类东坡先生诗》一套，元刻本两套。宋代刊行的苏诗，主要分集注类和编年类。集注类是指将苏诗按所描绘的内容分类，再加上诸家的注释编纂而成。此本是王十朋在苏诗"八注""十注"的基础上，"搜诸家之释，裒而一之，铲繁剔冗"而编成的，以分类编次和汇注百家为特点，流传很广，后人称为"王注"或"百家注"。此本共二十五卷，王十朋纂集，刘辰翁批点。王十朋与苏东坡，同为大才子、大诗人，王十朋对苏东坡如此热爱，如

此崇拜，实属不易。

再来读一读宋孝宗皇帝对苏轼的几段评价：

"忠言谠论，立朝大节，一时廷臣，无出其右。"

"山川风云，草木华实，千汇万状，可喜可愕，有感于中，一寓之于文，雄视百代，自作一家。"

"他人之文，或得或失，多所取舍。至于轼所著，读之终日，亹亹忘倦。常置左右，以为裕式。信可谓一代文章之宗也。"

宋高宗对苏轼如此评价：

"经纶不究于生前，议论常公于身后。人传元祐之学，家有眉山之书。"

苏轼对朝廷是热爱的，对皇帝是忠诚的，言论是正确的，在他那个时代是没有人能超过他的。他的文章雄视百代、自成一家，是一代文章的宗师。对他的评论无论生前生后，都是很中肯的。

明清诗人对苏轼的赞颂也有很多，前面已经欣赏了不少，这里不再推介。再欣赏一首现代人的《东坡生日》诗：

慈香楼阁寿坡仙，汉腊依然丙子年。

长命酒杯消垒块，横流沧海到桑田。

亦思高处乘风去，可有南飞化鹤还。

岁暮一堂如此聚，雪王生日在苏前。

写这首诗的诗人就是前面提到过的撰写对联"北宋高文名父子，南州胜迹古祠堂"的向楚先生。向楚（1877—1961），字仙乔，重庆巴县人，清代举人，四川大学教授，曾任文学院院长多年。此诗写于1936年腊月十九，这天正好是苏轼诞生九百年。

为纪念东坡生日，向楚先生邀集了在成都的文人赵熙、庞石帚、林山腴等人举行了寿苏会。东坡生日举行寿苏会，可能东坡在世时就有了，从李委吹笛贺东坡生日开始，以后有个人的寿苏，比如明代的杨慎、清代的赵藩；有几个人的，如清代的纪昀、冯应榴、查慎行、王文诰等；还有十数人或数十上百人的，如清代、民国时期眉山三苏祠的"东坡会"。这次的寿苏会上，赵熙年龄最长，他也写了一首寿苏诗：

> 来时风叶满苏楼，冉冉巴山过菊秋。
>
> 乱世纷然翻作客，大江东去不回头。
>
> 仍依腊月成私祭，并寿朝云祝好逑。
>
> 此地故人多丙子，南飞一鹤胜黄州。

▶三苏雕像——摄影杨正南

　　赵熙（1867—1948），字尧生，号香宋，四川荣县人，光绪庚寅（1890）进士。工诗词，善书。三苏博物馆收藏有他书写的《姚母学堂记》大字碑四通。赵熙还有一个别号，叫雪王龛，诗中雪王，就是指赵熙。他比苏轼晚八百三十年出生，其生日又比苏轼早几个月。所以，诗中说"雪王生日在苏前"。

　　本章可欣赏的诗词颇多，限于篇幅，不再赘述。这里用复旦大学教授、国学大师郭绍虞先生的词《沁园春·为三苏祠重建开放作》做结尾：

　　　　冲雅颍滨，豪放东坡，凝练老泉。

　　　　考两朝唐宋，大家仅八。

　　　　三苏父子，角逐其间。

　　　　人杰地灵，物华天宝，此语唯心未必然。

　　　　凭自述，知读书有得，家学相传。

　　　　一门才哲翩翩，数玉局堂堂路最宽。

　　　　于诗词骈散，都臻化境；

　　　　法书绘事，均富云烟。

　　　　行所当行，止乎当止，纵稍分歧仍一源。

　　　　祠重建，问当年遗物，可有榆莲。

　　郭绍虞先生对三苏文的评价十分简练、准确，"冲雅颍滨，豪放东坡，凝练老泉"，一脉相承，又有各自的鲜明特点。他对苏东坡的文艺创作评价也很高。

第四章　木假山

书窗正对云洞启 丛菊初傍幽篁栽

　　这是三苏祠木假山堂前的一副对联，联文选自陆游的《木山》诗。旧《眉山县志》说陆游到眉州拜谒三苏祠，见到了苏家的木假山而写下了《木山》诗。《三苏祠志》木假山条下也选录了陆游这首诗，其依据是从《眉山县志》来的。前面已经说过，三苏祠是元代改宅为祠的。陆游是南宋人，他到眉山时，苏氏故宅虽存，但还没有改宅为祠。故宅内有无木假山，不得而知。陆游的诗中也没有透露出任何与苏家木假山有关的信息。我们来读一读陆游的《木山》诗：

　　　　枯楠千岁遭风雷，披枝折干吁可哀。

　　　　轮囷无用天所赦，秋水初落浮江来。

　　　　嵌空宛转若耳鼻，峭瘦拔起何崔嵬。

　　　　珠宫贝阙留不得，忽出洲渚知谁推。

　　　　书窗正对云洞启，丛菊初傍幽篁栽。

　　　　是间著汝颇宜称，摩挲朝暮真千回。

　　　　天公解事雨十日，洗尽泥滓滋莓苔。

一丘一壑吾所许，不须更慕明堂材。

木假山是苏家的原有故物，是苏洵收藏的。苏轼在《次韵梅二丈圣俞木假山》诗的序中说："吾先君子尝蓄木山三峰，且为之记与诗。诗人梅二丈圣俞见而赋之。今十年矣，而犹子千乘又得五峰，益奇。因次圣俞韵，使之并刻其侧。"看来苏洵是喜欢木假山的，他在《木假山》中说：

　　木之生，或蘖而殇，或拱而夭。幸而至于任为栋梁则伐，不幸而为风之所拔，水之所漂，或破折，或腐。幸而得不破折，不腐，则为人之所材，而有斤斧之患。其最幸者，漂沉汩没于湍沙之间，不知其几百年。而其激射啮食之余，或仿佛于山者，则为好事者取去，强之以为山，然后可以脱泥沙而远斧斤。而荒江之濆，如此者几何！不为好事者所见，而为樵夫野人所薪者，何可胜数！则其最幸者之中，又有不幸者焉。

　　予家有三峰，予每思之，则疑其有数存乎其间。且其蘖而不殇，拱而不夭，任为栋梁而不伐；风拔水漂而不破折，不腐；不破折，不腐，而不为人所材，以及于斧斤；出于湍沙之间，而不为樵夫野人之所薪，而后得至乎此，则其理似不偶然也。

　　然予之爱之，则非徒爱其似山，而又有所感焉；非徒爱之，而又有所敬焉。予见中峰魁岸踞肆，意气端重，若有以服其旁之二峰。二峰者庄栗刻峭，凛乎不可犯，虽其势服于中峰，而岌然决无阿附意。吁，其可敬也夫！其可以有所感也夫！

▶木假山堂——摄影杨正南

　　苏洵认为他家的木山，具有深刻的寓意，就是有"数"存在里面。这里的"数"，就是通常所说的哲理。在苏洵安葬好夫人程氏，苏轼、苏辙兄弟二人守母孝期满后，在朝廷的一再催促下，举家前往京城候官时，准备把苏家原有的木假山带到京城去。船过奉节县，奉节县令拜见苏轼、苏辙，当然也拜见了苏洵，在船上见到了苏洵的木山。县令认为，老苏的木山虽然奇特，但与自己收藏的木山相比，其奇特、雄伟还是差了些。县令于是请苏洵等人到他的县衙，看他收藏的木山。苏洵等人看后，也认为县令的木山比他的更好。县令见苏洵喜欢，于是提出将木山送给苏洵。苏洵认为，自己已经有一座木山，再添一座就多了，于是提出与县令交换，县令欣然答应。这里面的原因大家都

清楚，虽说苏家的木山没有县令的好，但交换之后县令并不吃
亏，而且还占了不小的便宜。因为三苏父子两年前就名震京师，
苏氏兄弟又双双高中进士，虽然还未授官，但前途一定不可限
量。拥有他们收藏过的东西，不仅是很大的荣耀，而且其价值肯
定飙升。苏洵水陆兼程，将木山带到了京城，并安置在一家人租
住的南园。诗人、国子监直讲、老朋友梅尧臣见到老苏的木山
后，写了一首《苏明允木山》诗：

> 空山枯楠大蔽牛，霹雳夜落鱼凫洲。
>
> 鱼凫水射几千秋，蠹肌烂髓沙荡流。
>
> 惟存坚骨蛟龙锼，形侔三山中雄酋。
>
> 左右两峰相挟翼，尊奉君长无慢尤。
>
> 苏夫子见之惊且喜，买于樵叟凭貂裘。
>
> 因嗟大不为梁栋，又叹残不为薪樗。
>
> 雨侵藓涩得石瘦，宜与夫子归隐丘。

梅尧臣（1002—1060），北宋诗人，字圣俞，宣城（今属安
徽）人。宣城古名宛陵，故世称梅宛陵。少时应进士不第，历任
州县官属。中年后赐进士出身，授国子监直讲，官至尚书都官员
外郎。梅尧臣与苏洵结识是在宋仁宗嘉祐元年（1056），苏洵带
着两个儿子进京参加朝廷的进士考试，同时拿着益州太守张方平
的介绍信，将自己所写的二十二篇论文呈给欧阳修。其时，梅尧
臣是欧阳修的下属，他们既是诗友又是朋友。他不仅读了苏洵的
文章，而且还成了欧阳修、韩琦等达官显贵与苏洵之间的联系
人，自然他们也成了好朋友。第二年，苏轼兄弟参加进士考试，
而梅尧臣以国子监直讲的身份进入阅卷场，为阅卷官。据记载，
他披阅到一份试卷时，从行文、说理、用典各方面来看都很好，

可以说是一篇难得的好文。他将此卷交给主考官欧阳修，并建议将此卷定为第一。欧阳修读了这份试卷后，也觉得文章写得很好。但是，欧阳修有个门生叫曾巩（字子固），他也参加了本届进士考试，平时文章也写得很好。欧阳修以为这份试卷是曾巩的，如定为第一，怕被人诟病，只好定为第二。等到撤封比对，才发现此卷非曾巩所写，乃是苏轼所写。苏轼只好屈居第二。对于此事，梅尧臣和欧阳修都很遗憾，当然，我们眉山人更遗憾。如定为第一，我们的苏轼不就成了当科的状元？

梅尧臣写诗后几年，苏轼的侄儿千乘又得到一座木山，有五个山峰，比奉节县令交换的木山更加奇特，此木山又被老苏置于南园。苏轼从凤翔任满回朝，见到了木山，见到了旁边雕刻的梅尧臣的诗。其时，梅尧臣已过世几年，睹物思人，苏轼写了《次韵梅二丈圣俞木假山》诗：

> 木生不愿回万牛，愿终天年仆沙洲。
> 时来幸逢河伯秋，掀然见怪推不流。
> 蓬婆雪岭巧雕锼，蛰虫行蚁为豪酋。
> 阿咸大胆忽持去，河伯好事不汝尤。
> 城中古沼浸坤轴，一林瘦竹吾菟裘。
> 二顷良田不难买，三年栉木行可樵。
> 会将白发封苍巘，鲁人不厌东家丘。

现在再回过头来看陆游的《木山》诗，他所说的木山，既不是苏氏老家的木山，也不是北宋京城开封南园的木山。陆游也没有说明所指为何处的木山，我们权且认为陆游读到了苏洵的《木假山记》、梅尧臣的《苏明允木山》和苏轼的木假山诗生发出了对木山的喜爱和感慨，从而写下了这首《木山》诗。如果硬要说

陆游的诗与苏家木山有关，其联系就是梅、陆二人诗中都有"枯楠"二字，仅此而已。

现在三苏祠内的木假山已经不是苏家原有的木山了，苏家的木山被父子三人带走了，以后流落到何方，无从查考。清代重修三苏祠后，修了木假山房，取与老苏所说的木假山相似的木头存放于其中，让游人观赏。

现在三苏祠木假山堂陈列的木假山，是清道光壬辰年（1832）眉山书院主讲李梦莲从岷江河边买来送到三苏祠的，他先将木山带回眉山书院，放置在折桂亭。后来他觉得三苏祠木假山堂内的木山，没有特色，于是将自己所买的木山送到了三苏祠。他因此写了两首诗。第一首诗是《木假山歌并序》，此诗步梅尧臣的诗韵：

▶木假山堂——摄影杨正南

客秋游南城，江干见一物，轮囷离奇，大可蔽牛，讶为怪物。就视之，乃一古树根也。物色其主，购得之。辇至眉山书院之折桂亭，壁立嶙峋，不啻华山一角也。因效颦老苏，亦名曰木假山。置酒其下，以识欣赏。仍用梅圣俞韵作木假山歌。

文梓鬼变成青牛，枯桑人语闻霜洲。

世间怪物能千秋，雷斧夜劈投江流。

龙唶蛟唶如鋄鋄，鲸牙鲲鬣争魁苕。

太华一角落我手，巉嶪撑拒真殊尤。

执笏胜拜米颠石，饮客急典狐青裘。

大材不愿支梁栋，积薪岂肯同燎樵。

峨眉雄怪且莫逞，对此仿佛登丹丘。

此诗是说诗人在岷江边见到了木假山，找到了主人，出钱买了下来，并将木山运送到眉山书院，放置在折桂亭。他仿照老苏叫它木假山，又步梅尧臣的诗韵，写了木假山诗；每天课余置酒于木假山之下，与同僚或学生一起来欣赏木山的"敬"与"感"，领会其中的"数"。

李梦莲，名特寿，字崧霖，号梦莲先生，四川中江人，道光丙子（1816）科亚元。少时读书一目数行，日记万余言。诗、文、书、画皆精绝，风节凌峭。道光丙戌年（1826），李梦莲受聘为眉山书院主讲，寓居眉山七年。在眉期间，讲学之余，他写了不少的诗。这里只选他写木假山的两首。李梦莲将木山放在眉山书院没多久，可能觉得三苏祠内木假山堂内的木山，不如自己的木山有特点，没有当初老苏的木山所含的"数"，不能激发观赏者的"敬"与"感"；也可能是他被嘉州书院聘任，将赴嘉州，

于是将木山无偿地送给了三苏祠。在送之前，他还写了一首长诗
来抒发别离之情：

蛟宫掉出枯槎桠，黑摧朽骨堆龙蛇。

风雷鞭驱作山立，观者动色咸咨嗟。

神颠鬼胁何精怪，撑突五岳争高大。

肩随难作兄弟行，仰止屡呼袍笏拜。

山人忽欲移山走，家具除山一无有。

奇谋竟欲挟山飞，叉手问山山曰否。

我不愿，巨鳌载我飞到神仙乡；

也不愿，变作阎浮桃都去争乌兔光。

但愿文人爱我不弃掷，嶙峋长立君子堂。

今君别我去，各在天一方。

只恐孤立要遭伧鬼咤，风飘雨蚀谁为防，

坐令百岁以后此身等枯朽，

将与飘蓬断梗化为飞土随风飚，

名誉既不着，歌咏又不彰。

徒然抱此轮囷离奇质，转使一山樗栎笑我如风狂。

感君顾盼意，仗君生辉光。

怅望千秋忽感慨，侧身四顾愁茫茫。

我闻眉山有老苏，珍爱木山如爱宝。

此山如得老泉看，胜他渤海看三岛。

回首便将山拂拭，百夫辇至苏堂侧。

当时坡颖有精神，要对峨眉争秀特。

老榆向尔序甲子，瑞莲对尔夸颜色。

来历都从盘古猜，诗篇尽向石壁刻。

神物保持谁敢逼，夜半不须防有力。

长揖别山饮杯酒，眼前我算移山手。

山兮木兮愿尔身名长不朽，相期约到千秋后。

不须更美人间几辈栋梁材，

似尔风雅庄严供奉名山岂易有！

诗写得很好，既有古诗的韵味，又有新诗的意趣，转韵也在不知不觉间。比现在的新诗更好读，也更好记。看来李梦莲要离开眉山，到其他地方去教书了。他本想带着木山走，但让它与三苏祠榆树、瑞莲、古碑一起供奉在三苏祠这座"名山"里面，供后人欣赏，了解其中的"数"和"感"，似乎更有意义。

当时有个叫李宗传的诗人，到三苏祠拜谒，见到了李梦莲和李梦莲所送的木山，也步梅尧臣的诗韵写了一首诗：

江声出峡奔黄牛，吞山卷海凌沧洲。

欹崖老树僵千秋，虎倒龙颠坠急流。

河涛激啮穷镌刻，怪状鬼垒侔羌酋。

老苏庋堂复作记，宛陵染翰夸其尤。

东坡玮辞继父美，如良冶子工为裘。

君从何处得枯蘖，坚韧烈火不能楢。

移山神力补天手，飞身我欲登高丘。

他在诗的前面写了个序言："老苏木假山，今不可见矣。后之建祠者，以名其后堂，取木势之仿佛者置其中，未见奇特也。中江李梦莲孝廉，主讲眉山书院，见异木于城南江浒，色黝质坚，三峰宛具。乃购归堂中，用梅诗韵纪其事。余过眉州，属为和之，并识其颠末如此。时道光壬辰夏至。"看来李宗传是受李梦莲的请求而写了和梅尧臣诗的诗。李宗传在诗中不仅写了木山

▶木假山记——摄影杨正南

的情况，还叙述了老苏写了木假山记，梅尧臣为老苏在京城的木假山写了诗，"宛陵染翰"即指的是梅尧臣写诗。他还赞扬苏轼继承了苏氏家学，还赞扬李梦莲是"移山神力补天手"，将木山送到三苏祠，放置在三苏祠的木假山堂内。李梦莲既移了山，又补了三苏祠木假山堂无木山的"天"。这是因为李梦莲在上首诗中曾说过"眼前我算移山手"，所以有这一说法。

再来读一首写木假山的诗：

浮梁莫挽空铸牛，孤根蜿蜒珊瑚洲。

沧桑屡变无春秋，风摧雨剥随洪流。

苍皮皱瘦谁为镂，具体五岳何啬啬。

眼前荣当见岩壑，横江仿佛观乌尤。

玉局堂空山气冷，我来五月披霜裘。

木魅眒睒癭瘤死，龙护不许樵青楸。

诗成忽作焦尾叹，拉难囊下堆如丘。

这里需要说明的是"玉局堂空山气冷"的玉局堂。苏轼于宋哲宗元符三年（1100）遇赦北归，先贬廉州（今北海合浦），苏轼想定居常州，但朝廷任命他提举成都府玉局观，外州军任便居住。玉局观提举是苏轼一生中最后的一个职务，是一个闲职。诗人将三苏祠认作苏轼的玉局堂，亦即把它作为苏轼的最后一个衙门的大堂。一进入空旷的大堂，便有一股凛冽肃然的山气袭来，仿佛五月天还需要穿冬天的衣服一样。这里是形容三苏祠的殿堂高朗空旷。玉局观在成都什么地方呢？据赵朴初先生考证，成都北门外的昭觉寺，就是原来的玉局观。"诗成忽作焦尾叹"典出《后汉书·蔡邕传》："吴人有烧桐以爨者，邕闻火烈之声，知其良木，因请而裁为琴，果有美音，而其尾尤焦，故时人名曰焦尾琴焉。"

第五章　远景楼

署名远景楼　人文第一州

这是清代眉州太守蔡宗建写眉州远景楼的诗句，分别从两首诗中取出。另外，在本书前言的第一句"爽垲疏明地，人文第一州"是选自蔡宗建写远景楼的第二首诗。第一首是《远景楼》：

> 署名远景楼，楼成人不返。
>
> 人无百岁身，景且千年远。
>
> 跨越卧牛城，低垂蚕市阪。
>
> 浅淡象耳岚，迤逦蟆颐堰。
>
> 此景惟楼得，此楼何偃蹇。
>
> 我步希声尘，栋宇重修建。
>
> 时接高阳宾，常换词客幌。
>
> 开筵醉斜晖，含毫望绝巘。
>
> 客无诗酒能，此楼长深建。

第二首诗是《怀古》：

> 爽垲疏明地，扬眉上翠楼。
>
> 何人识远景，老眼独经秋。

峰嶂排千里，人文第一州。

我来频徙倚，逝水绕东流。

　　蔡宗建，字毓荣，生平不详，湖北监利县人，乾隆三十八年（1773）任眉州太守。任期内，曾修学宫内的崇圣祠，重修武庙和远景楼，维修三苏祠，题三苏祠名匾"是父是子"。

　　眉山远景楼，是北宋时著名经文经学大师黎锌（字希声）担任眉州太守时，在州衙后面的空地上修建的。黎希声治平年间（1064—1067）在京城做官，与苏洵一家是邻居，后来他们成了朋友。黎希声修好远景楼后，找人给远在江苏徐州当太守的苏轼带信，请他写一篇关于远景楼的文章。苏轼没有推辞，用他生花的妙笔写了著名的《眉州远景楼记》。苏轼在远景楼记中没有写远景楼的体量和模样，或者说根本没有涉及楼的情况，而是一开始就说"吾州之俗，有近古者三。其士大夫贵经术而重氏族；其民尊吏而畏法；其农夫合耦以相助。盖有三代、汉、唐之遗风，而他郡之所莫及也"。接着他分别叙述了眉州这三个"近古"习俗的情况。整篇文章以叙述眉州的习俗为主，占据了很大的篇幅。说完习俗，再说太守。"今太守黎侯希声，轼先君子之友人

▶眉山远景楼夕照——摄影杨正南

也。简而文，刚而仁，明而不苟，众以为易事。既满将代，不忍其去，相率而留之，上不夺其请。既留三年，民益信，遂以无事。因守居之北墉而增筑之，作远景楼。"到这里才提到眉州太守黎希声和他修建的远景楼，楼在太守居室后面的北城墙上。所以，苏轼说他去乡已很久了，能够想象它所处的位置，但不能准确地说出其位置和建筑式样。最后苏轼表示，自己将归老于故乡，到那时自己成了普通老百姓，与家乡的父老一同登远景楼，观赏山川风物之美，再提笔来写文章，歌颂黎侯对眉州的遗爱，也为时不晚啊！

题为《眉州远景楼记》，但通篇几乎没有说远景楼的状况，对眉州的近古之俗则详尽地介绍。最后说眉州上有易事之主（黎侯），下有易治之俗（老百姓），眉州的前景美好，远景有望。

在写《眉州远景楼记》之前，苏轼在山东密州当太守，知道黎希声到自己的家乡当太守，写了一首诗寄给黎希声：

胶西高处望西川，应在孤云落照边。

瓦屋寒堆春后雪，峨眉翠扫雨余天。

治经方笑春秋学，好士今无六一贤。

且待渊明赋归去，共将诗酒趁流年。

诗中的"瓦屋寒堆春后雪"，本书将专门叙述，这里只说"春秋学"与"六一贤"。前面说过黎希声是宋代经文经学大师，他有一本研究《春秋》的书，欧阳修、苏洵等人都十分欣赏，认为他有独到的见解。"六一贤"指的是欧阳修，六一居士是欧阳修的别号。他曾作《六一居士传》："吾家有藏书一万卷，集录三代以来金石遗文一千卷，有琴一张，有棋一局，而常置酒一壶……以吾一翁，老于此五物之间，是岂不为'六一'乎！"

我们还是回过头来说远景楼吧。宋代黎希声所建的远景楼，南宋、元、明的文人学者都未提及，楼毁于何时？为什么毁掉？谁毁掉的？这些问题都找不到答案。到清代乾隆年间（1736—1795），蔡宗建担任眉州太守时，见州衙后面有十多亩的空地，并被告知这里就是眉州远景楼遗址。于是，蔡宗建筹资鸠工，重修了眉州远景楼。楼修成后，蔡宗建就写了前面的两首诗。第一首诗是说他步黎希声的后尘，重新修建了远景楼。他时常在楼上款待嘉宾，楼上还经常换挂文人墨客的字画。第二首诗题名为《怀古》，是怀古事还是怀古人？从诗意来看，他已经修好了远景楼，而且经常登楼远眺。"何人识远景，老眼独经秋"，何人指谁？当然是指黎希声。因为黎希声修了楼，又给楼取名为"远景"，所以只有他才能识远景，只有他才有经秋的眼光。这是对黎希声的怀念。"峰嶂排千里，人文第一州"，则是对眉州深厚的文化底蕴的赞美，也是对三苏父子的怀念。

蔡宗建所重建的远景楼早已不存，毁于何时，仍然不得而知。

而今的远景楼耸立在眉山城的东坡湖边。2003年，眉山市委、市政府为把眉山打造成东坡文化城，决定重新修建远景楼。市委、市政府在选址确定之后，进行了公开招标。眉山多友房地产开发有限公司有幸中标。标书明确规定，政府只提供建筑土地，一切费用都由中标公司负责。多友房地产开发有限公司中标后，立即聘请四川省古典建筑园林设计院的设计师进行设计，第二年春，开始动工修建，2006年底竣工。当脚手架完全拆除之后，一座雄伟、挺拔、金碧辉煌的大楼矗立在东坡湖边，矗立在人们的眼前。主楼高80米，共有13层，密檐式建筑，古色古香，古味十足。总建筑面积35000平方米，公司总耗资8000万

▶鸟瞰眉山东坡湿地公园，远眺峨眉山——摄影杨正南

元。而今的远景楼已经成了眉山的标志性建筑，每当夜幕降临，华灯初上，无数盏彩色射灯将整座远景楼装点得格外明亮、绚丽、辉煌。登斯楼也，近可观眉山城日新月异的变化，远可望眉山未来远景。近读手机头条，有人以《中国最高最失败的一座古建筑》为题指名道姓地诟病眉山的远景楼。大意是远景楼高大雄伟、富丽堂皇，但游人甚少。这与事实不相符，最近笔者多次路过远景楼下，或上午或下午，都见游人如织，络绎不绝。大多数人是登楼观景的，亦有部分人是登楼进餐的。在主楼两边的附楼底层，商家辟有多个茶馆或茶室，游人来这里品茶娱乐，商谈业务，观赏东坡湖的碧水蓝天，湖上鸥鹤翻飞。可谓是每天宾朋满座，哪里游人甚少？

第六章　玻璃江

玻璃江水如醍醐　潋滟水光接玉津

这两句诗分别来自两个人的诗。第一句是清代诗人王士禛于康熙十一年（1672）写的《谒三苏祠》诗（节录）中的诗句：

> 蟆颐山色腴不枯，玻璃江水如醍醐。
>
> 眉州城廓劫灰后，水睦漠漠成榛芜。
>
> 眉州玻璃天马驹，醉公三爵公归乎。

这首诗中两次出现"玻璃"二字，前一处是说玻璃江水甘甜如醍醐，后一处是说古时眉州的一种名酒叫玻璃天马驹，据说它是用玻璃江水酿造而成的。

第二句取自清代眉州人汪棕的《玻璃江赋》（节录）：

> 蟆颐山色映青苹，潋滟水光接玉津。
>
> 林薄苍茫天欲晚，江乡台畔月如银。

这里的潋滟水光指的是玻璃江水光潋滟，犹如苏轼描绘的杭州西湖的湖光潋滟。

那么玻璃江在什么地方呢？据旧《眉山县志》记载，玻璃江，是岷江流经眉山的一段，大约从上游的姜家渡到下游的周家

渡，即现今的眉州大桥往上游一点，岷江大桥往下游一点。这里江面开阔，江流平稳，江水深蓝，像一面巨大的玻璃平铺在眉州大地上，故古人称之为玻璃江。

玻璃江古时离眉州城东门二里许。近年来，眉山在岷江上修建了岷江大桥、眉州大桥，很快蟆颐大桥也将建成，城市扩张发展，向东早已跨过岷江，形成了岷东新区，不久的将来就会与崇礼街区连成一片，建成眉山城东城区。到那时，玻璃江就成了眉山市内的河流。待到岷江航电枢纽工程之一的汤坝电站建成后，玻璃江将成为通航和发电的蓄水区，成为眉山市区内的一个湖泊。

好了，说清楚了玻璃江的地理位置和得名的由来，我们还是来读关于玻璃江的诗吧。先读陆游的《玻璃江》：

> 玻璃江水千尺深，不知江上离人心。
>
> 君行未过青衣县，妾心先到峨嵋阴。
>
> 金樽共酹不知晓，月落烟渚天横参。
>
> 车轮无角那得住，马蹄不方何处寻。
>
> 空凭尺素寄幽恨，纵有绿绮谁知音。
>
> 愁来只欲掩屏睡，无奈梦断闻疏碪。

这是陆游的一首送别诗，青衣县，即今眉山市青神县。"车轮无角"，典出《古乐府》："愿得双车轮，一夜生四角。""马蹄不方"，用唐人诗："长安尘土中，马蹄圆重重。郎马蹄不方，何处认郎踪。"这两个典故都是女人送别男人所生发出来的哀怨之情，陆游借此抒发他在玻璃江上送别友人的依依不舍和情意绵绵。陆游送的不可能是女人或妻子，从他的另一首诗"玻璃江上送残春，叠鼓催帆过玉津"看，当是送范成大出川。

▶玻璃江，渔舟轻摇惊飞鸟——摄影杨正南

本书之所以用一章来叙述玻璃江，还因为这段江水有唐代左拾遗孟昭图被宦官田令孜沉江杀害的故事。唐僖宗李儇时，适逢黄巢起义，义军于广明元年（880）进抵长安，并攻入长安。僖宗皇帝不得不两次往四川方向逃窜，并被田令孜等挟持到成都。在逃跑途中，左拾遗孟昭图上章弹劾权臣、宦官田令孜。这田令孜是宦官，深得唐僖宗宠爱，因为他的球踢得好，而唐僖宗也是一个喜欢蹴鞠的皇帝，有蹴鞠高手随时陪自己玩，何乐而不为。田令孜利用这一点，假传皇帝圣旨，将孟昭图贬谪嘉州（今四川乐山）。中和元年（881）七月，当舟行至玻璃江时，孟昭图被害，被沉于玻璃江中。从唐到清，不少诗人写诗来凭吊孟昭图。先来读裴澈的《吊孟昭图》：

一章何罪死何名，投水惟君与屈平。

从此蜀江烟月夜，杜鹃应作两般声。

裴澈，唐咸通进士，僖宗时以翰林学士、户部侍郎、同平章事。他跟随僖宗逃亡至四川，亲眼见到孟昭图上章弹劾田令孜。田令孜假传圣旨贬谪孟昭图居嘉州，于途中被田令孜沉没于眉州玻璃江。所以，诗的第一句便说"一章何罪死何名"。"蜀江"，这里指眉州的岷江段玻璃江。后裴澈因推立李煴为王而被杀。

再来读唐人简绵芳的《玻璃江有感》：

翠盖西防骆谷尘，尚从阉佞分亡身。

拾遗竟入玻璃水，犹胜污泥白马津。

简绵芳生卒等都不详。诗人说皇帝的逃亡队伍从汉中的骆谷道向四川进发，骆谷道尘土飞扬。骆谷道是汉中到川中的通道，在陕西周至县西南，谷长四百余里。阉佞，指宦官田令孜。

再来读一读明代杨慎的《吊孟拾遗》：

骆谷銮舆再播移，横流沧海广明时。

刑余周召田中令，地下逢干孟拾遗。

赤水探珠迷象罔，青霄蚀月任蟆颐。

怀沙沉石何曾问，帐殿球宫总不知。

诗的前面都好理解，看一看尾联吧。怀沙沉石是说屈原怀石投汨罗江的事，屈原投江有人过问吗？显然，答案是没有。孟昭图被沉江，那位每天只知道与宦官在宫内踢蹴鞠的唐僖宗肯定是不会知道的。就算他知道了，也不会过问。

眉山人对孟昭图这位直臣、忠臣是崇敬的。大约在北宋早些时候即在蟆颐堰的渠埂上修建了共饮亭，作为迎送客人的重要场所。南宋时魏了翁任眉州太守，将共饮亭规模扩大，改名为江乡馆。清代又辟江乡馆底楼为"二忠祠"，"二忠祠"祭祀的就是孟昭图和魏了翁。孟昭图的故事，我们已经了解了个大概。魏了翁的故事我们在另外的章节中叙述，这里只说为什么将他作为二忠之一来祭祀。当你站在江乡馆遗址上，面向北面，左边是江流平缓的玻璃江，右边是水流湍急的蟆颐堰水渠。蟆颐堰是唐代剑南节度使章仇兼琼始修的，他采用李冰修都江堰的工艺，即顺水筑堤，顺江取水。到魏了翁任眉州太守时，渠首、渠道都已淤塞，魏了翁筹集资金，对渠道清淤，并加宽、延长渠道，还新修了几条支渠，使蟆颐堰的灌溉面积增加了不少。眉山人不仅在州城内的府街修了魏了翁祠，还在江乡馆中增设了二忠祠，祭祀孟昭图与魏了翁。

好了，还是回过头来说有关玻璃江的诗吧！眉山人是喜爱这块镶嵌在眉山大地上的蓝色玻璃的，也怀念那位葬身江底的孟昭图。这里选两首眉山人歌颂玻璃江和悼念孟昭图的词，供大家欣赏。先看左纫兰的《葬江鱼词》：

唐僖宗，好球戏。华清宫，黄巢至。

出金光门五百骑，蜀山高插天，再洒淋玲泪。

哀哉从行孟拾遗，见远南司信北司。

长安收复知何日，流涕行在进谏词。

言官诉，宦官怒。

臣有忠谋君不知，矫诏谪贬嘉州路。

行行舟下蟆颐津，夜半沉之逐波臣。

臣死臣职臣不憾，憾臣无力洗蒙尘。

吁嗟乎！

宠节甫，杀武蕃，千古一辙难俱论。

君不见，至今滚滚玻璃水，风入怒涛悲不已。

再来看一看王英的《吊孟昭图歌》：

君不见，蟆颐山下玻璃水，中有一人眠不起。

又不见，往来多少渡江人，都为乃公悲不已！

夜月皎皎江水寒，忠魂潜哭报恩难。

唐家天下一鸣凤，千秋万古血痕殷。

可嗟乎！

朝辞宫阙暮江波，臣罪当诛可奈何。

白骨难挽太宗业，英魂长望旧山河。

左绂兰，字秋田，晚号拙园，世居眉山崇礼镇。道光辛巳年(1821)，中乡榜亚元，大挑二等。历任南溪、安岳训导，升重庆府教授，从学成进士者十一人，中举人者三十余人。晚告归，置宅近三苏祠，年七十九岁卒。左绂兰和王英是清代眉山土生土长的读书人，出于对家乡的热爱，常常主动为官府做事。尤其是左绂兰，晚年定居眉山，眉山的风景名胜中，几乎都能见到他的影子。

▶蟆颐堰渠首——摄影杨正南

第七章　蟆颐观

洞中泉脉龙睛动　观里丹池鸭舌生

旧《眉山县志》载："蟆颐山，治东八里。以滨玻璃江，林峦特秀，如蛤蟆状，故名。山周约五里，高二里许。腹有洞，深二丈余。洞有泉，自山罅流出，极清冽，潜通玻璃江，名老人泉。洞上建祠，供四目老人像，为四目老人真府。唐末，尔朱真人、杨太虚皆得道于此。"

标题是苏辙《记岁首乡俗寄子瞻二首·踏青》诗中的两句，说的是古时眉州人正月人日的踏青地点——眉州东门外玻璃江东岸蟆颐山上的蟆颐观。我们先来读苏辙的诗：

> 眉之东十数里，有山曰蟆颐。山上有亭榭松竹，下临大江。每正月人日，士女相与游嬉，饮酒于其上，谓之踏青。

> 江上冰消岸草青，三三五五踏青行。
> 浮桥没水不胜重，野店压糟无复清。
> 松下寒花初破萼，谷中幽鸟渐嘤鸣。
> 洞中泉脉龙睛动，观里丹池鸭舌生。

山下瓶罂沾稚孺，峰头鼓乐聚簪缨。

缟裙红袂临江影，青盖骅骝踏石声。

晓去争先心荡漾，暮归跨后醉纵横。

最怜人散西轩静，暖暖斜阳著树明。

在诗序中苏辙说蟆颐山在眉东十数里，实际距离八里左右。苏辙青少年时期去蟆颐观踏青，出眉州东门，过护城河，过岷江的一条支流，渡口叫金渡，然后再步行至王家渡，这里是岷江的主航道。过王家渡后再经过黄庙场北（即今崇礼镇），顺岷江东岸北再经过蟆颐堰沟渠，才能上蟆颐山，进蟆颐观。这样慢慢走下来，加之多次上船、下船、过浮桥，就像有十几里路一样。旧时眉州有一大习俗，就是正月初七这天，全城的人几乎都要出城到蟆颐山踏青。"洞中泉脉龙睛动"是说蟆颐观前有一个深洞，

▶蟆颐观山门——摄影杨正南

洞里有一股泉水，泉水不断外涌，冲出水面时像半个水球，也像龙的眼睛一样。这个洞就是现在蟆颐观大殿前的"老人泉"，又被称为"仙翁胜迹"。"观里丹池鸭舌生"是说蟆颐观里的台阶下都长满了鸭茅草（又称鸡脚草）。苏辙的诗的特点之一是写实，用典较少，很好理解。

　　这里主要说一说蟆颐观。蟆颐观始建于唐，据方志记载，唐尔朱真人、杨太虚即得道于此。观中大殿内供奉的是四目仙翁神像，所谓四目，即四个瞳仁，每个眼中都有两个瞳仁。所以，蟆颐观又叫重瞳观。重瞳观的历代住持都道术了得，尤其在宋代，有位道长，自称张仙，不仅有道术，有武功，还能满足求子者的愿望。他还有一副铁弹弓，据说能打天上的星星。张仙还在成都时，苏轼的父亲苏洵就与他结识，并且在玉局观买了他一幅自画像，供奉在自己家中。因为苏洵曾有过三个女儿和一个儿子，但长女、二女、长子很小就去世了，只剩下幼女八娘。他听说张仙很有道术，买他的画像，就是为了求子。张仙到蟆颐观当住持后，苏洵就多次去蟆颐观，向张仙求子。有一次，张仙听完苏洵的述说后，笑嘻嘻地从挎包里摸出弹弓和一枚铁丸，对苏洵说，我准备打下天上的一颗星宿给你当儿子。张仙一边说一边用力将铁丸向空中打去。苏洵半信半疑地说，怎么证明呢？张仙说，待你的夫人生产后，你看你儿子的背上是不是有几颗痣，其排列像不像天上的某个星座。你的儿子就是这个星座中的一颗小星。后来，苏轼出生了，苏洵发现他的背上果然有几颗痣，排列果然与天上的文昌星相似。据说天上的文昌星是主文的，又叫文曲星。所以，人们都说苏轼是文曲星下凡。因此，苏洵与打弹弓的张仙成了非常好的朋友，对他的道术深信不疑。后来张仙离开了蟆颐

观，再没有回过眉山。苏洵为他在蟆颐山上立了一块石碑，碑名就叫《张仙碑》，碑文是：

> 洵，自少豪放，尝于庚午重九，玉局无碍子肆中见画像，笔法清奇。云："乃张仙也，有祷必应。"因解玉佩易之。洵尚无嗣，每旦，露香以告。逮数年乃得轼，又得辙，性皆嗜书。乃知真人急于接物，而无碍之言不吾诬也。故识其本末，使异时子孙求读书种者，于此加敬焉。庆历戊子上元日，苏洵书。

现在的蟆颐观大殿和山门是明代重修的，但还保留有宋代的营造法式。大殿四周都设有斗拱，山门则设有精巧的如意斗拱。大殿前石坎下老人泉依然存在，洞中的泉水依然清凉甘美。

说完了蟆颐观，我们再来读苏轼的《和子由踏青》：

> 春风陌上惊微尘，游人初乐岁华新。
> 人闲正好路旁饮，麦短未怕游车轮。
> 城中居人厌城郭，喧阗晓出空四邻。
> 歌鼓惊山草木动，箪瓢散野乌鸢驯。
> 何人聚众称道人，遮道卖符色怒嗔。
> 宜蚕使汝茧如瓮，宜畜使汝羊如麕。
> 路人未必信此语，强为买服禳新春。
> 道人得钱径沽酒，醉倒自谓吾符神。

宋英宗治平年间（1064—1067），苏轼在陕西凤翔府当签判，接到弟弟苏辙（字子由）从京城寄来的描写家乡眉州风俗之一的正月人日出城踏青的诗，很高兴，立即写了和诗。和诗有步其韵的，也有只押其韵而不用其韵脚的。苏轼的这首和诗就是用苏辙诗的韵，而不是步其韵。前面的木假山诗中，苏轼、李梦莲、李宗传等人的诗都叫步梅尧臣诗韵或像苏轼诗题说的叫"次韵"。

苏辙的诗写了浮桥因过河的人太多，都被压到水里去了，山上山下都是人；还写了山上和道观里的风景；最后写下午踏青的游人散去——下山了，只剩下安静的道观轩廊和斜照的夕阳。苏轼的诗主要记叙了踏青路上的行人、车马，并详细叙述了卖符道人的情况。他们都写得逼真、形象，读后有身临其境之感。

蟆颐观从唐宋以来就是一个水驿站，但凡从水路进出四川的官员，到此处都要休息一下，游览一番。尤其是大官员路过眉州，眉州的官员，都要到蟆颐观款待。前面说过从蟆颐观到眉州城，路程不远，但麻烦不少。所以，眉州人很早就在玻璃江与蟆颐堰渠之间的土阜上建了一座类似今天的宾馆的建筑，叫共饮亭。接待从水路路过眉州的官员或朋友，主人都会到共饮亭设宴招待。苏轼曾在共饮亭宴请并送别杨孟容，他在诗中写道："我家峨眉阴，与子同一帮。相望六十里，共饮玻璃江。"到南宋时，魏了翁为州守，拓宽了共饮亭，增加了房舍，扩大了接待能力，并将共饮亭改名为江乡馆。再后来，眉山人将江乡馆底楼改为二忠祠，用来祭祀唐孟昭图和宋魏了翁。

现在我们来读一读陆游《醉中怀眉山旧游》：

> 劲酒少和气，哀歌无欢情。
>
> 故乡不敢思，登高望锦城。
>
> 锦城那得去，仿佛蟆颐路。
>
> 遥知尊前人，指我题诗处。
>
> 我虽流落夜郎天，遇酒能狂似少年。
>
> 想见东郊携手日，海棠如雪柳飞绵。

▶蟇颐山庄——摄影杨正南

　　陆游所怀的眉山旧游是谁呢？陆游未点名，读者只好猜测了。陆游送范成大离川不久，朝廷任命他代理嘉州太守的任命书就到了。陆游在嘉州没有待多久，又被调到了戎州（今宜宾）。古时戎州为夜郎辖地。他到了夜郎地，虽然有好酒喝，但缺少祥和之气，哀歌遍野。他想回故乡，但这是他能想的吗？登高眺望繁华的锦城，锦城哪能去呢？他仿佛看见了蟇颐观的山路，仿佛看见了当日陪他喝酒的人，指着他题诗的地方。当初他与在蟇颐观款待他的主人握手告别的时候，正是"海棠如雪柳飞绵"的春天。陆游送范成大时是夏天，这里是春天，显然他怀念的不是范成大，尊前笑指题诗处的人，应该是眉州太守。

我们再来读一读明代眉州太守许仁的诗《题蟆颐观》：

蟆颐观古号仙灵，琴鹤闲来试一登。

日落尚留天外照，云开罗拜殿前僧。

洞藏白蟹人争说，夜见神灯我未能。

几度醉归更回首，山头唯有树层层。

蟆颐山有非常美丽的景色，其中蟆颐晚照和江乡夜月，就是眉州八景中的两景。这里的天外照，即蟆颐晚照。洞藏白蟹，说的是老人泉中生长着一种通体白色的螃蟹，被认为是神物，是吉祥的象征。神灯，据说古时夜晚隔岷江看蟆颐山，山上灯火摇曳，飘忽不定，故谓之神灯。再读他的《九日再游》：

眉山几度赏黄花，不似今年兴味嘉。

萸酒喜同文士饮，桐阴久坐梵王家。

马嘶芳草重开径，僧剥茨菰旋煮茶。

乘兴不嫌归路远，烟村随处有桑麻。

诗人说他来眉州当太守已经几年了，每年都赏菊花，但今年的兴致比往年更高。为什么呢？因为今年是在蟆颐观赏菊花。萸酒是指九月九日重阳节佩茱萸饮菊花酒之意。《续齐谐记》记载："汝南桓景随费长房学。长房谓曰'九月九日，汝家有灾厄，宜令急去家，各作绛囊盛茱萸系臂上，登高饮菊花酒，此祸可消'。"

许仁还写有《眉州八景诗》，《蟆颐晚照》就是其中一首：

蟆颐洞上树层层，洞里香泉澈至清。

日暮游人留不住，下山犹爱夕阳明。

这里只说老人泉，然后说到天晚了，山上留不着人，下山时只喜欢明亮的夕阳。

再读一首清代人洪成鼎的《老人泉诗》：

一泓清冷老人泉，石罅深涵閟洞天。

活泼灵机随地出，苏翁从此共流传。

"活泼灵机随地出"说的是老人泉的泉水不择地而涌出，实际上是化用苏东坡的话"吾文如万斛泉源，不择地皆可出，在平地滔滔汩汩，虽一日千里无难。"

洪成鼎还有一首长诗《夜雨宿观中》，诗很长整整四十句，原不想全录但读了几遍，觉得诗人详细描绘了蟆颐山的景色，文字虽浅显，读来却朗朗上口，犹如置身于蟆颐山中。所以还是将全诗录于下，让大家好好欣赏：

▶老人泉——摄影杨正南

秋光夜雨波光滟，江口浮舟转江岸。

眉州东壁山气佳，舟人指点蟆颐观。

葱茏竹树隐危楼，崒嵂礴梯通古殿。

舣船策杖步层巅，屐齿丁丁响岩畔。

入门高榜重瞳宫，四目真人宝弓弹。

道证轩皇仙迹传，丛岩金粟香初绽。

中岩忽觅老人泉，石池乳窦寒波漫。

嵌洞时时甘露零，洒空滴沥明珠溅。

吸来一口沁心脾，两腋风生冷然善。

低徊缅想起遥情，清名偶被苏翁唤。

白蟹浮沉岂易逢，金芝璀灿当谁见。

荔枝一树尤绝奇，凉绿婆娑满庭院。

老干攒攒各数围，翠叶交柯云露泫。

石累丹九鸟雀争，浓阴歇夏弥蓊变。

周游斗阁纵流观，余霞返照江天眩。

道人南望认峨眉，空濛冥色疑天半。

佛光可遇不可求，尘根未断增慨叹。

撞钟乍惊山雨来，淹我游踪悲泮涣。

云榻一灯客梦醒，题名拂石霜毫健。

今宵山馆咏蟆颐，明日苏祠摩马券。

其实，要说描绘与歌颂眉山蟆颐观最多的人，还是那位在眉山生活和工作了七年之久的眉山书院主讲李梦莲先生，他写了多首关于眉山山水的诗。其中一首是他与学生一同游蟆颐观晚归的诗，不仅显示了他驾驭语言的能力，还显示了他用典精当的能力。这也是一首长诗：

老蟆渴饮江，玻璃浪花碎。

看山渡江涘，水木弄姿态。

笋舆搁云根，芒鞋踏苍霭。

谽谺歌径仄，一线通幽邃。

纤行磨蚁旋，凹下井蛙坠。

四围绿无缝，颇嫌一身隘。

石蹬升千级，忽见青天大。

携笻四五人，翻身立鳌背。

道士作导引，一一访仙界。

峨峨重瞳观，苔壁皱青黛。

巉岩大斧劈，轮囷笔杉桧。

浓翠饱烟霞，万古色不败。

新篁列儿孙，未受斧斤害。

此时炎威酷，火伞当空戴。

怪底山气秋，举头万松盖。

▶重瞳观大殿——摄影杨正南

龙湫十丈深，珠玉响幽籁。

一饮老翁泉，热客冷肠肺。

丹灶久无烟，神灯看不在。

瑶坛聚羽流，煎茗拼清话。

蒲团趺坐定，都觉尘心退。

或抱冷云眠，或采紫芝佩。

或对尔朱揖，或向张仙拜。

笑舞竹如意，短衣不冠带。

神仙原洒落，或亦喜吾辈。

空堂飞蝙蝠，岩窬变阴晦。

岑楼瞰城郭，隐隐隔埃壒。

我欲效愚公，移山近城对。

庶免涉江劳，登舟一而再。

狂生作呓语，未惹山灵怪。

更唤天风来，送我出山外。

踟蹰认归路，飚车飒然快。

回首望云峦，烟鬟银蟾挂。

李梦莲这首《夏日，陆云峤邀同顾青颧、吴春帆、王韵亭游蟆颐晚归》长诗从远观蟆颐山落笔，写到渡江，乘滑竿上山，在道人的引导下，探访山上各遗迹景点，在观中喝老人泉水，在蒲团上打坐休息。最后，诗人发出奇想，想效仿愚公，将蟆颐山移到眉山城边，可免渡江之苦。前面已经说过，宋时从州城到蟆颐山要渡三次水，即便到了二十世纪七十年代治理岷江之前，也还有两道水需要渡。二十世纪八十年代末，眉山修建了岷江大桥，眉山人才免除了涉江之苦。现在，眉山城里人到蟆颐山游览，可从岷江大桥或眉州大桥过江，徒步或乘车即可前往，就是路程稍远一点。待到蟆颐大桥修成以后，人们即可从东坡岛直接过桥到蟆颐山。到那时，蟆颐山整个风景区就成了眉山城中的一座大公园，蟆颐观也就成了城中的一座道观。

眉山籍文人左纫兰也写有多首咏蟆颐的诗，其中，用杜甫《何将军山林》诗韵的就有十首。这里选两首供大家欣赏：

岂有仙人在，半栏烟气清。

山深栖白蝙，树暖裹黄莺。

苔印芒鞋迹，厨香玉糁羹。

玻璃江上路，长想踏青行。

有径竹相掩，无人花自开。

日喧几欲醉，风暖不知凉。

蒲藻群鱼戏，烟云一鹤藏。

老翁何处所，林篱只青苍。

第一首诗用了苏轼的两个典故。一是玉糁羹。玉糁羹是苏轼发明的菜肴。苏轼《食物诗自序》云："过子忽出新意，以山芋作玉糁羹，色香味皆奇绝。天上酥陀则不可知，人间决无此味也。香似龙涎仍酽白，味如牛乳更全清。莫将南海金齑脍，轻比东坡玉糁羹。"今天我们眉山一些大饭店有一道汤菜，原料是芋头、萝卜、白菜、嫩玉米，实际上是东坡玉糁羹的改良式样。有的加入少许排骨，则更吸引食客，但其价格比当年苏轼父子在海南所制作的玉糁羹高出不知多少倍。二是踏青，实际是指苏轼、苏辙兄弟二人的踏青诗及其所描绘的眉山人去蟆颐山踏青的盛况。

清代同治年间（1862—1874），眉州太守刘廷植也写过一组游蟆颐的诗。这里也选两首，大家来欣赏：

玻璃江上水，远渡蟆颐津。

白鹭能迎客，青山欲笑人。

桑麻千亩绿，杨柳万家春。

晋魏浑忘却，桃源足避秦。

重瞳名古观，象耳远濛濛。

小艇人争渡，高山鸟唤风。

星辰垂座上，鸡犬入云中。

我欲乘槎去，仙源此径通。

"桑麻千亩绿，杨柳万家春"，在诗人的笔下，蟆颐山下，一大片冲积平原上，桑麻翠绿，绵延近千亩。人们安居乐业，春风和煦，杨柳依依，一片祥和景象。"星辰垂座上，鸡犬入云中"，蟆颐山高，星辰好像就在我们的座位上，鸡犬好像在云中跑，蟆颐山景致就像仙景一般。

光绪年间（1875—1908）眉州太守毛隆恩的一首《游蟆颐》，不仅歌颂了眉山山川秀美，人杰地灵，还说他在蟆颐观的老人泉中看见了传说中的白蟹。他是自从老人泉中有白蟹以来，游蟆颐观并写诗说见到白蟹的第一人。

▶仙翁胜迹——摄影杨正南

蟆颐入望色葱茏，东渡玻璃第一峰。
蓬勃桑麻经雨润，崔巍楼阁倩烟封。
山灵秀毓三苏盛，水利源开百代宗。
当日我曾逢白蟹，至今传说是仙踪。

　　毛隆恩，字季彤，江西丰城县（今丰城市）监生。光绪八年（1882）任眉州太守，光绪十五年（1889）病死于任上，葬于眉山正山口莲花凼。其墓一直保护较好，1983年被眉山县人民政府列为县级文物保护单位，立有保护碑，1986年被盗。旋即案破，被盗文物全部追回。在任上，他为政清廉，慎于用人，礼尊名士宿儒，免除不合理的苛捐杂税，维修眉山考棚。眉山人在眉山城内大北街为毛隆恩建有遗爱祠，民国后期被废弃。

　　蟆颐观道教文化、三苏文化底蕴丰厚，自然风景也十分优美。从眉山的发展看，不出三五年，整个蟆颐山就会融入眉山城中，成为一个大公园，成为人们休闲娱乐的场所。

第八章 苏坟山

老翁山下玉渊回　手植青松三万栽

这是苏轼《送贾讷倅眉二首》诗的头两句，全诗如下：

老翁山下玉渊回，手植青松三万栽。

父老得书知我在，小轩临水为君开。

试看一一龙蛇活，更听萧萧风雨哀。

便与甘棠同不剪，苍髯白甲待归来。

老翁山又叫苏坟山，省文物部门前几年将其定名为苏氏墓地，现为省级重点文物保护单位。占地约一百五十亩。墓地内埋葬着苏洵及其夫人程氏和苏轼的原配夫人王弗。早在宋仁宗嘉祐二年（1057）春，苏轼、苏辙兄弟二人在京参加进士考试，双双高中，父子三人名震京师。苏氏兄弟正高兴地等待朝廷委任官职时，贤良、勤劳、俭朴的苏母程夫人却因积劳成疾，不幸仙逝。父子三人急忙回乡，安葬苏母。按照宋代礼制，父母去世后，做官的儿子必须守孝三年。苏轼、苏辙虽然还没有被朝廷委以官职，但他们考中了进士，已经进入了官员的序列，也必须守孝。

▶苏坟山牌坊——摄影杨正南

回眉山后，父子三人一面寻墓地，一面办丧事。苏洵寻找到了老翁山这个山头，将此山头买了下来，并决定凿为二室，等自己百年之后与程夫人合厝。

宋英宗治平三年（1066），苏洵病逝于京城，苏氏兄弟不得不扶枢回眉安葬，同时将前一年病逝于京城的王弗的灵枢一并带回眉山。按先前苏洵的决定，苏轼、苏辙将苏洵与程夫人合厝，将王弗埋葬于父母墓的西北不远处。

苏洵墓经南宋、元被湮没。明成化年间（1465—1487），眉州太守许仁奉命寻找苏洵墓，因当时的交通条件限制，只寻到了曾经作为纪念祠堂的广福寺而未找到墓地。他只好在广福寺后，堆了个假墓，作为临时的墓地进行祭祀。许仁曾写了一首诗——《寻苏洵墓至广福寺作》：

骑从传呼不暂停，土坡石蹬几回登。

青山难觅先贤墓，白发重逢此寺僧。

解困少倾齐供酒，谈诗未及法轮灯。

出门上马还回首，魂断云山烟树层。

　　诗人寻找先贤的墓地是何等的辛苦，但为了完成上级官员的指令，他不得不多次前往广福寺。他认定苏洵墓在广福寺周围是有依据的，苏辙在《坟院记》中曾说，"旌善广福禅院者，先公文安府君赠司徒坟侧精舍也。先公既壮而力学，晚而以德行文学名于世。夫人程氏，追封蜀国太夫人。生而志节不群，好读书，通古今，知其治乱得失之故。有二子，长曰轼，季则辙也。方其少时，先公、先夫人皆曰：'吾尝有志兹世，今老矣，二子其尚成吾志乎？'辙兄弟虽少而入仕，亦流落不偶，年几五十，乃始

▶苏氏墓地——摄影杨正南

得还朝。兄气刚寡合，已入复出。辙碌碌无能轻重，五年而至尚
书右丞，与闻国政。以故事得于坟侧建刹度僧，以荐先福。坟之
东南四里许，有故伽蓝陵阜相拱揖，松竹深茂。相传唐中和中任
氏兄弟所舍也。辙以请于朝，改赐今榜，时元祐六年也。既三
年，兄弟皆罪废，南迁海上。又六年，蒙恩北归。兄至毗陵以病
殁，辙中止颍川，不能归。又五年，前执政以黜去者，皆夺坟上
刹。又二年，上哀矜旧臣，手诏复还畀之"。这里将广福寺作为
苏洵墓的祭祠的来由说清楚了。父亲在寻找母亲墓地时，曾寄宿
于广福旌善院，而且将广福旌善院作为守护坟山的家祠，这是得
到了政府官员同意了的。且坟墓离寺院只有四里路程，不是很
远，而且是现存的，不用新修。既然是家祠，肯定有人守护。晚
年苏辙定居颍川，广福寺的和尚智昕还专门到颍川看望苏辙。回
眉州时，苏辙写了《广福僧智昕西归》诗送给他：

老人寄东岩，萧然四无邻。

八尺清冷泉，中有白发人。

婆娑弄明月，松间夜相宾。

平生指庚壬，终老投此生。

筑室颍川市，西望长悲辛。

故山比丘僧，跛足超峨岷。

归途三千里，秋风入衣巾。

北崦百步外，我梦一室新。

速营三间堂，永奉两足尊。

我归要有时，久远与子亲。

悟老非凡僧，瓦砾化金银。

归来味玄言，见日当自陈。

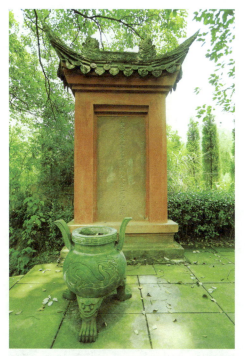

▶苏轼夫人王弗墓——摄影杨正南

苏辙的《坟院记》和送智昕和尚西归诗，说明了苏洵墓与广福寺的关系。许仁是聪明人，他知道要寻找到苏洵墓，找到广福寺是关键。所以，他经常去广福寺游览，希望有所发现。但遗憾得很，直到他任满离眉，都没有找到苏洵墓。他最后一次到广福寺游览，临离开寺院，准备回眉州城时，广福寺的和尚拿出纸笔，要他留诗，他提笔写了两首《再游广福寺》诗：

野去秋游懒，今朝结伴来。
不图观法界，只和劝离杯。
泥滑愁僧跋，仓充任鸟开。
看看红日暮，执手更徘徊。

饮罢出云林，西山日已沉。
山僧将此纸，索我赋新吟。
落叶满路径，残碑阅古今。
明年二三月，乘鹤再来临。

看来许仁还没有死心，他一定要找到苏洵墓。

明嘉靖壬子年 (1552) 春，台史俞汝南到眉山巡视，夜里梦见东坡，于是到三苏祠祭祀三苏。"祭之曰：'东坡、颍滨葬于吾乡之汝颍间，墓至今存也。惟老泉先生，葬于眉山故墟。按欧阳公志，墓在武阳之可龙里，岂为人所灭其迹，久而无所考耶？'遂命其守杨侯秉和，上下彭眉间求之，竟弗获。议者谓，东山十里广福寺者，相传为老泉敕赐守冢之寺也，即其地封而祠焉，弗愈于终亡已乎？不然，颍滨《坟院记》有之：'广福为先公文安府君坟侧之精舍也，距坟四里许。'翁初卜葬，得安镇之山，有泉曰老翁井。距坟泉西南只十余步。尔今之求老泉墓者，舍寺而求诸泉，近之矣。侯乃度方里以咨其泉，遂得之于石龙东岸之柳沟山中。其山壮伟环抱，泉岌然出于两山之间，畜为井。翁谓葬书协吉为神之居，其信然哉！乃复得联椁于山楹之下，虽无埋辞，翁祭程夫人文，'惟子之坟，凿为二室'，微夫泉与穴，信乎为老泉遗冢也。若石龙者，适在彭眉界

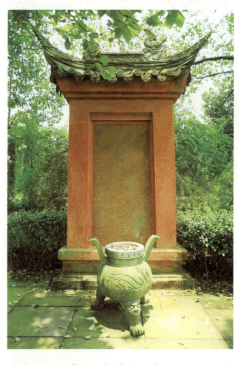

▶苏轼纪念墓——摄影杨正南

中，岂可龙相传之误耶！侯因谕居民，我弗尔罪，图别址以徙尔居。我将治泉穴，构祠宇，乃封乃树，申樵采之禁于守冢焉。庶几老泉之灵，爽栖于此矣。遂约其劳费，以闻于台史，从之。未几，祠成。"以上这段话是明代翰林学士余承勋写的御史俞汝南命令眉州太守杨秉和寻找苏洵墓及重修苏坟山、祠堂、老翁井的整个过程。从中可以看出，苏坟山、苏洵墓、老翁泉至明代嘉靖时才又寻到。

"自明代沧桑后百余年，无人访及。清康熙四十一年(1702)，眉州学正段仔文，便道过之，询一老人，遂造其地，归与州守金一凤言其状。公率僚属绅耆往谒焉。斩荆棘，芟藤萝，见丰碑屹立，苔藓尘封。凡碑二：一为老泉墓碑，一为明御史俞公求公墓……"上述引文是眉山文人戴伊任奉太守金一凤

▶苏洵、程夫人墓——摄影杨正南

之请所写的重修苏坟山的记。记中还写道，金一凤等见到老泉墓冢为偷儿穿挖，深达数尺，犹见石椁。墓前丈余，旧有祠，瓦砾累累，竹茨交缠，半日乃尽辟。基不甚阔，仅三楹耳。金一凤即损囊命土人封筑之，极高且大，使樵牧不侵，设祭拜奠。众绅耆咸欢忭，以为百余年荒秽，今一旦修治之，老泉公九泉可慰，忠、定二公在天之灵亦无憾矣！在记中，还明确划定了广福寺后面二十亩土地为老泉春秋祭祀用地。到清嘉庆四年 (1799) 九月，眉州官府会同绅士及三苏祠主持焚献的道士共同丈量，政府注册，苏庄田共一百八十八亩，苏坟山四亩，苏祠田十五亩，共二百零七亩。水塘六口，共十二亩零六分。山地二百三十六亩。山场共六百三十二亩。分别租与佃户按田亩交租，为住持焚献和修葺祠宇之用。

　　自清代康熙眉州太守金一凤修葺苏坟山并置祀田之后，每年的清明节，眉州的州县官员都要到苏坟山祭拜。其程序是由州副职 (通判) 主持，主官太守拈香主祭；再由学界中公认的名望最高者宣读自己撰写的祭文；然后再由主持官领队，依次到苏洵墓前祭拜上香。清末到 1949 年清明，此项活动一直未停。

　　1982 年，眉山县文化局奉上级命令对县境内的地面文物进行普查，由县局领导领衔，三苏文物保管所派员参与并聘用三位身体健康的退休教师做具体的普查、探访、记录、整理工作。1983 年底由三苏文物保管所的研究人员对所普查的文物进行复查，筛选出十三处最有价值的文物报县政府，县政府批准并公布了眉山县首批重点文物保护单位，其中就有苏坟山。但那时的苏坟山仍然是农民的庄稼地，几乎看不到坟头。在确定苏坟山为县级重点文物保护单位的同时，三苏文物保管所的研究人员与苏坟

▶苏辙纪念墓——摄影杨正南

山所在地的区、乡、村、组的主要领导会商，决定重修苏坟山有关土地权属、苏坟山的保护范围、民房搬迁、坟墓垒砌等重大事宜，以文管所的名义报县文化局，由县文化局转报县政府。1984年4月，重修苏坟山的工程开工。在开工之前，文管所的研究人员就决定在苏坟山原址重新垒砌苏洵程夫人合葬墓、王弗墓之外，垒砌苏轼、苏辙纪念墓。当然，这也是报县政府同意了的。年底工程完工。苏洵、程夫人墓前修建了两级参拜平台，用石板铺就，可容千人站立。其他几座墓前也有石板铺设的参拜平台。按古代墓葬习俗，每座墓前都修建了一个焚香炉。每座墓之前都修筑了墓碑牌坊，请眉山籍书法家书写了墓碑：申勉行书写了"宋赠/太子太师苏老泉先生/成国太夫人程氏/之墓"，彭宗林书写了"宋赠同安郡君苏轼之妻王弗之墓"，伍中一书写了"宋故端明殿翰林学士赠太师苏公轼之墓"，叶权书写了"宋故门下侍郎端明殿翰林学士苏公辙之墓"。后来管理者根据领导和群众的要求和呼声，认为还是清代的苏洵墓碑有古朴味，将二

十世纪六七十年代运回三苏祠的清代苏洵墓碑又送回苏坟山，换下了十年前新镌的墓碑。古朴味有了，但没有了夫人程氏的符号，失去了合葬墓的味道，又让前来参拜者有些许遗憾。苏坟山重修后，眉山县又恢复了小型的清明祭扫活动。2000年眉山撤地设市，清明祭扫苏坟的活动则由市、县合办，平常年间的祭扫，都是小型的。1987年苏轼诞辰九百五十周年，眉山举行了大型的东坡文化节，并决定东坡生辰逢五逢十都举行大型的东坡文化节，并于该年举办大型的清明祭扫苏坟的拜祭活动，届时由市长宣读祭文。

说完了苏坟山的变迁，还是来说关于苏坟山的诗吧。

前面说到苏轼的《送贾讷倅眉》诗选自《苏轼诗集》。宋哲宗元祐元年（1086），苏轼从登州知州任上调入京城，一年之内升迁三次，当上了翰林侍读学士知制诰。贾讷要到眉州担任通判（副职），前去辞行。苏轼写了两首诗来送他，这里选取了其中一首。苏轼示意他到眉州后看顾父母的坟园和问候家乡父老。"老翁山下玉渊回，手植青松三万栽"，近读手机头条，见一位读者说苏东坡豪放，他认为苏轼"手植青松三万栽"也是一种豪放的表现。他说苏轼既无栽三万棵青松的土地，又无时间。但清嘉庆年间（1796—1820）测量的苏坟山山场的面积有六百多亩，宋时居民更少，苏坟山拥有的山场应该不少于清代吧。苏轼与苏辙在苏坟山守父孝有近两年的时间，既有时间亲手栽下三万株青松，又有栽青松的土地。

说到苏坟山，就免不了要说到王弗，王弗是青神瑞草桥边乡贡进士王方的女儿，苏轼青少年时到青神中岩书院向时任中岩书院院长兼主讲的王方学习，得以结识王弗，并心生爱慕，最终结为秦晋之好。这个故事将在中岩寺章中叙述，本章只说苏坟山。

王弗嫁给苏轼时十六岁，宋英宗治平二年（1065）五月病死于京城，生有一子叫苏迈。如果照苏轼《亡妻王氏墓志铭》的说法，王弗死时二十七岁，则王弗应生于宋仁宗景祐四年（1037），如果以公历计算，应当与苏轼同年生，不过苏轼生于 1037 年 1 月 8 日，还是应该比王弗大一点。如果以农历计算，苏轼生于宋仁宗景祐三年腊月，看似比王弗大一岁多。

我们来读一读苏轼为王弗写的墓志铭吧：

治平二年五月丁亥，赵郡苏轼之妻王氏卒于京师。六月甲午，殡于京城之西。其明年六月壬午，葬于眉之东北彭山县安镇乡可龙里先君先夫人墓之西北八步。轼铭其墓曰：

君讳弗，眉之青神人，乡贡进士方之女。生十有六年而归于轼。有子迈。君之未嫁，事父母。既嫁，事吾先君、先夫人，皆以谨肃闻。其始，未尝自言其知书也。见轼读书，则终日不去，亦不知其能通也。其后轼有所忘，君辄能记之。问其他书，则皆略知之。由是始知其敏而静也。从轼官于凤翔，轼有所为于外，君未尝不问知其详。曰："子去亲远，不可以不慎。"日以先君之所以戒轼者相语也。轼与客言于外，君立屏间听之，退必反覆其言曰："某人也，言轼持两端，唯子意之所向，子何用与是人言？"有来求与轼亲厚甚者，君曰："恐不能久。其与人锐，其去人必速。"已而果然。将死之岁，其言多可听，类有识者。其死也，盖年二十有七而已。始死，先君命轼曰："妇从汝于艰难，不可

忘也。他日汝必葬诸其姑之侧。"未期年而先君没，轼谨以遗令葬之。铭曰：君得从先夫人于九原，余不能。呜呼哀哉！余永无所依怙，君虽没，其有与为妇何伤乎！呜呼哀哉！

从苏轼为王弗写的墓志铭来看，王弗是一位聪颖好学的知识女性，虽未表露，但也学富五车。苏轼可谓学富五车，才高八斗，有时尚有遗忘，王弗却能记得，并且从旁提示，问她其他书籍，也都粗略知道。难道她不是宋代的知识女性吗？不过，她的学识没有表露出来，没有像李清照、朱淑真那样有作品留传于世罢了。

王弗去世第二年，苏轼的父亲苏洵也病逝于京城，于是苏轼、苏辙不得不送父亲的灵柩回四川眉州安葬并守孝。同时，苏轼遵父命，将王弗的灵柩也一并带回眉州，安葬在父母墓的西北八步远的地方。

埋葬王弗后十年，宋神宗熙宁八年（1075），苏轼在山东密州当太守，正月二十日夜，他用"江城子"这个词牌，填写了一首流传千古的悼亡词：

十年生死两茫茫，不思量，自难忘。

千里孤坟，无处话凄凉。

纵使相逢应不识，

尘满面，鬓如霜。

夜来幽梦忽还乡，小轩窗，正梳妆。

相顾无言，唯有泪千行。

料得年年肠断处，

明月夜，短松冈。

悲怆、凄凉，生死茫茫，不刻意思量，自己却难以忘怀。坟墓孤独地耸立在千里之外，我却不能到你的坟前诉说凄凉！即便你复活了，我们彼此相逢，恐怕也难以相识，因为我早已经尘土满面，两鬓染霜。

昨夜我忽然做了一个梦，梦到我回到了可爱的老家，看见你坐在小轩窗前，正梳理着你长长的秀发。我们相互对望着，没有言语，只有热泪千行。想象得到，我们两人寸断柔肠的地方，是在那明月夜的短松冈上。这里的"尘满面，鬓如霜"的人是苏轼，"小轩窗，正梳妆"的人是王弗。此情，情意绵绵；此景，栩栩如生。有人说，此词已经是悼亡词的上乘之作、上佳之品，余者可以尽废。"年年肠断处""短松冈"，当然是指我们这一章所说的苏洵墓地苏坟山，那里是苏轼"手植青松三万栽"的地方。

现在的苏坟山均为二十世纪八十年代后逐年保护维修的成果，尤其是 2010 年，上级拨专款，重新整治苏坟山，维修墓冢，扩建道路，新建坟园围墙，整治周围环境，使苏坟山成为庄严肃穆、环境优美、缅怀先贤的文化场所。

说到这首词，笔者想多说两句。前面提到过《眉山日报》报道郦波老师在眉山三苏学社文化沙龙上说："三苏父子出川时不曾写词，毕竟登科及第之后是要一展抱负的，而当时词是'胡夷里巷之曲'，不登大雅之堂。苏轼也是被贬黄州之后，开始了自己的词创作。这一作，就开创了一个派别，树立了一座巅峰。"此段话有两个瑕疵，一是苏轼填词创作不是在被贬黄州之后，早在杭州通判任上以及后来在密州、徐州、湖州任职期间就已有词作多首流传坊间，被多人传唱。前面说到的悼亡词，是他婉约词

的巅峰之作。二是苏轼的豪放词，也不是从黄州才开始写的。早在密州任职期间就写过豪放词的精品之作《江城子·密州出猎》，记得康震老师在《中国诗词大会》上不止一次以此词画诗意画，让选手以画猜词或词作者。好像有一次郦波老师也在场，与康震老师同为评审。郦波老师的这段话是口误，还是《眉山日报》记者的报道有误？另外，苏轼在密州还写了一首脍炙人口的词——《水调歌头·明月几时有》，中央电视台举行的中秋节晚会上多次用到这首词，或演唱，或朗诵。

第九章　老翁井

井中老翁误年华　白沙翠石公之家

前章已经说过苏坟山了，这里再来说一说老翁井。老翁井位于苏洵墓前山咀下面的两条小山沟的汇合处。山沟不是很长，每条山沟都不足百米。古时，两条山沟的尽头都有一股山泉，泉水汇聚到山咀下面的平台上，形成了一个井形的水凼。苏洵曾经写过《老翁井》诗和《老翁井铭》。我们先来读《老翁井铭》：

丁酉岁，余卜葬亡妻，得武阳安镇之山。山之所从来甚高大壮伟，其末分为两

▶老翁亭——摄影杨正南

股，回转环抱。有泉坌然出于两山之间，而北附右股之下，蓄为大井，可以日饮百余家。卜者曰吉，是其葬书为神之居。盖水之行常与山俱，山止而泉冽。山之精气、势力自远而至者，皆蓄于此而不去，是以可葬无害。

他日乃问泉旁之民，皆曰是为老翁井。问其所以为名之由，曰："往岁十年，山空月明，天地开霁，则常有老人苍颜白发，偃息于其上，就之则隐，而入于泉，莫可见。"盖其相传以为如此者久矣。因为作亭于其上，又甃石以御水潦之暴，而往往优游其间，酌泉而饮之，以庶几得见所谓老翁者，以知其信否。然余又闵其老于荒榛岩石之间，千岁而莫知也，今乃始遇我而后得传于无穷。遂为铭曰：

> 山起东北，翼为南西，涓涓斯泉，坌溢以弥。
> 敛以为井，可饮万夫。汲者告吾，有叟于斯。
> 里无斯人，将此谓谁？山空寂寥，或啸而嬉。
> 更千万年，自洁自好。谁其知之，乃讫遇我。
> 惟我与尔，将遂不泯。无溢无竭，以永千祀。

这篇铭说明了老翁井的发现位置、形成原因，为何名老翁井，老翁为何人。苏洵做亭于其上，酌泉而饮之，希望成为泉中老人，有表示永远生活于泉旁的意思。

随即，苏洵又写了《老翁井》诗：

> 井中老翁误年华，白沙翠石公之家。
> 公来无踪去无迹，井面团团水生花。
> 翁今与世两何与，无事纷纷惊牧竖。
> 改颜易服与世同，毋使世人知有翁。

▶老翁亭——摄影杨正南

　　这首诗选自《三苏咏故乡》。此诗《嘉祐集》不载，误入《苏轼集》中，见《施注苏诗》遗诗卷首、《东坡续集》卷一。但朱熹在《晦庵集》中言道："《老翁井诗》在老苏送蜀僧去尘之前，必非他人之作，然不见于《嘉祐集》。"今依朱子所说，将此诗归于苏洵名下。诗人以泉上老人自况，表露他不愿出山的心意。

　　前面已经说过，早在宋仁宗嘉祐元年（1056）苏洵带着儿子苏轼和苏辙进京参加朝廷的进士考试，同时央求成都府尹张方平向朝廷大员推荐自己。张方平读过苏洵的文章，认为其文章都是有用的时文，于是不避前嫌，写信给自己曾经反对过的推行过庆历新政的欧阳修等人，向他们推荐了苏洵本人及其文章。欧阳修读了苏洵的文章，也认为他的文章写得很好，把他的文章呈给了

宰相韩琦等人。韩琦等人读了他的文章之后，认为他有"王佐之才"，也就是说有辅助皇帝的才能，并表示一定要推荐他做官，为治国安民出力。从那以后，苏洵就优游于京城士大夫之间，还以一介布衣的身份成为韩琦的座上宾。待到苏轼、苏辙第二年双双考中进士，一时父子三人更是名动京师，他们的文章被传抄诵读，大有汴京纸贵的感觉。正在父子三人踌躇满志，准备做官，大展抱负的时候，贤良的苏母程夫人病逝于眉州老家。父子三人不得不回乡奔丧。苏洵为程夫人买好了墓地，安葬了程夫人后，朝廷不断下令，让他赶快进京，参加入官的考试。苏洵对通过考试来谋求官职已经失去了信心，他曾说过"莫道登科难，小儿如拾芥；莫道登科易，老夫如登天"。所以，他迟迟没有行动。

远在京城的朋友梅尧臣，读到了苏洵的《老翁井诗》和《老翁井铭》，知道了苏洵的心思，于是写了一首《题老人泉寄苏明允》的诗，寄给了远在眉州的苏洵：

泉上有老人，隐见不可常。

苏子居其间，饮水乐未央。

泉中若有鱼，与子同倘徉。

渊中苟无鱼，子特玩沧浪。

日月不知老，家有雏凤凰。

百鸟戢羽翼，不敢呈文章。

去为仲尼叹，出为盛时祥。

方今天子圣，无滞彼泉旁。

梅尧臣劝苏洵进京，不要滞留在老翁井旁。苏洵滞留在老翁泉旁是有原因的，一是苏轼、苏辙守母孝的时间还未满，亦即兄弟二人还有孝在身，是不能随意离开眉州的，如果苏洵一个人到京城，则显得很凄苦。所以，当朝廷一再发诏书让他进京参加舍人院的考试，他都拒绝了。当梅尧臣写信、寄诗来劝说他进京，他依然没有答应。二是他觉得朝廷不太重视自己，既然朝臣已经读了自己的多篇论文，且认为这些论文对执政和行政都有指导意义，何不直接委以官职，而硬逼自己参加考试，这不是要羞辱自己吗？他在老翁泉边搭了几间房，供苏轼、苏辙守墓尽孝之用，他也时常前来，在坟山与老翁泉旁流连徘徊。他还写了一篇《祭亡妻程氏文》，不时站在程夫人坟前，念给妻子听：

呜呼！与子相好，相期百年。不知中道，弃我而先。我徂京师，不远当还。嗟子之去，曾不须臾。子去不返，我怀永哀。反复求思，意子复回。人亦有言，死生短长。苟皆不欲，尔避谁当？我独悲子，生逢百殃。

有子六人，今谁在堂？唯轼与辙，仅存不亡。咻呴抚摩，既冠既昏。教以学问，畏其无闻。昼夜孜孜，孰知子勤。提携东去，出门迟迟。今往不捷，后何以归？二子告我，母氏劳苦。今不汲汲，奈后将悔。大寒酷热，崎岖在外。亦既荐名，试于南宫。文字炜炜，叹惊群公。二子喜跃，我知母心。非官实好，要以文称。我今西归，有以藉口。故乡千里，期母寿考。归来室堂，哭不见人。伤心故物，感涕殷勤。

嗟予老矣，四海一身。自子之逝，内失良朋。孤居终日，有过谁箴？昔予少年，游荡不学，子虽不言，耿耿不乐。我知子心，忧我泯没。感叹折节，以至今日。呜呼死矣，不可再得！

安镇之乡，里名可龙，隶武阳县，在州北东。有蟠

其丘，惟子之坟，凿为二室，期与子同。骨肉归土，魂
无不之。我归旧庐，无不改移。魂兮未泯，不日来归。

苏洵是爱自己的妻子的，在苏洵的记忆中，妻子是相夫教子
的典范，是自己的贤内助，可惜没有享受到相夫教子的成果带来
的幸福与欢乐——中年去世。苏洵的这篇祭文，可以肯定是在老
翁井旁写的。

苏辙《坟院记》是这样记叙老翁井的：

坟之西南十余步有泉焉，广深不及寻，昼夜喷涌，
清冽而甘，冬不涸，夏不溢。自辙南迁，而水日耗。至
夺刹，遂竭。父老来告，辙惕焉！疑获谴于幽明，彷徨
不知所为。而手诏适至，泉亦潏然而复。山中人皆曰：
"诏书乃与天通耶！"辙闻之，溯阙而拜，以膺上赐。久
之，乃为之记，使世世子孙，知兹刹废兴所自，以无忘
朝廷之德。政和二年壬辰九月乙卯朔六日庚申，中奉大
夫、护军、栾城县开国伯、赐紫金鱼袋苏辙记。

从苏辙的记中可以看出，老翁泉在宋时昼夜喷涌，但泉似乎
有灵性，当苏氏兄弟官场失利——被剥夺官职，流放编管，苏洵
墓的看护寺也被剥夺时，泉水干涸，不再喷涌；当朝廷恢复苏氏
兄弟赦免放还的诏书刚到时，泉水又恢复喷涌。你说这老翁泉是
不是有灵性，是不是与苏坟山息息相通？井润苏陵，墓园葳蕤，
明月松冈，以永千祀！

老翁井的遭遇也和苏坟山一样，历经宋、元、明、清、民
国，几兴几废，几度浮现，几度湮没。史志上对老翁井的叙述，
基本上依据苏洵的《老翁井铭》和《老翁井诗》，可以这样说，
在民国之前，老翁井只是一个井形水凼而已。

二十世纪八十年代的文物普查及后来的苏氏墓地修复的整个过程中，得到的信息是：老翁井是一口八角井，有栏杆和几通碑。但井被农业学大寨时修的一个小水库淹没了，水深，无法得见。老翁井石碑，据时任苏坟山所在地土地乡公益村党支部书记说：碑有三通，其中一通在陶店子坝上的一条水沟上，作为过沟的桥板；另外两通在两个农民家里。县文管所工作人员请土地乡书记令公益村支部书记将田坝中的这块石碑抬回他家中，并将农民家中的两块石碑收回，妥善保护，以待重修老翁井时用。

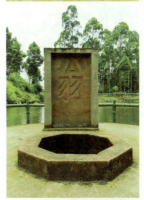

光阴荏苒，日月如梭，转瞬到了2006 年春，土地乡人民政府决定将山塘水放干，从淤泥中清淘出古老翁井。在文物部门的指导下，着手修复老翁井。他们淘古井，使泉水清冽；按旧制修建围栏；按古式将"老""翁""泉"三通碑呈品字形树立在井台上；又新筑栈桥，新建小亭。千年老井灿然重现，泉脉沟通，文脉永续。

现在来说一说三通碑的情况："老""翁""泉"一字一碑，隶书。碑高 110 厘米，宽 74 厘米。书写者题

▶老翁泉——摄影杨正南

款"长宁梁叔子",又钤"梁正麟印""长宁"两方印。

经查，梁正麟，四川长宁人，清末拔贡，工诗文、书法，曾任上川南道观察使、四川盐运使、四川军政府参事、四川省政府秘书长。1935年初，被蒋介石行营（成都）任命为四川省第四区督查专员公署（眉山专区）首任专员。

在眉任职期间，他曾数度拜谒三苏祠和苏坟山。当时的老翁井因山洪冲刷，泥沙淤塞，已无井形。梁正麟亲自设计重修古井方案，购条石、石板、火砖。火砖浆砌井壁，条石垒砌井台，石板敷台面。为防山洪冲刷，又在外围修围埂，阻拦山水和泥沙。千年古井被修葺一新。为使游人更清晰地了解和认知老翁井，他亲自执笔题写了"老翁泉"三个大字。这应该是1936年初春的事，因为五月他就被蒋介石行营革职了。

眉山人将梁正麟所写的字刻成了石碑，并以"品"字形竖立在井台上。为了记住重修老翁井这件功德无量的苏坟山大事，在"翁"字碑阴刻了一首类似叙事的长诗：

> 眉东可龙里，石龙伏不起。
>
> 中有泌波泉，柳沟山又峙。
>
> 有翁息井旁，近之则没矣。
>
> 相传老翁井，嘉名锡如此。
>
> 老苏卜牛眠，铭之益彰美。
>
> 两穴凿相联，距井十步耳。
>
> 历宋元明清，水清常激底。
>
> 泉经岁月多，荒凉何若是。
>
> 叹梗荒榛中，盈盈只一水。
>
> 湮没无井形，有谁续修理。

植树佳节时，官绅悉戾止。

游览心彷徨，无翁弗忍是。

命取龙骨翻，意寻旧井址。

俨然八角形，沾沾色自喜。

筹划围栏杆，克日事鸡庀。

欲使来游人，寻井思苏子。

老泉与老翁，两君不泯已。

爱人及乌屋，人物相中始。

住斯后来人，亦能敬桑梓。

莫视如铜驼，埋没荆棘里。

民国丙子春三月邑人彭耀章作并书时年七十

　　彭耀章，字黻卿，祖籍丹棱，与彭端叔同宗同族。后迁眉山广济乡，再迁眉山城。清宣统元年（1909）院试为眉州秀才第一，适逢京城国子监十二年选拔一次学生的机会而入选国子监，后经殿试合格，被授予"拔贡"，人称"彭拔贡"。彭耀章学识渊博，书法更是出众。除这块草书叙事诗碑外，三苏祠的"洗砚池"碑也是他的正楷手笔。

第十章　孙氏书楼

岭头山学昉何时　唐宋文章耀古碑

人们常说眉州钟灵毓秀，物华天宝，人杰地灵，孕育出了三苏父子，成了"千载诗书城"。一般来说，一个或一群优秀杰出人物的出现，都有其政治、经济、文化背景。所谓政治，就古代而言，就是看这个地方有没有战争，有没有动乱，老百姓是否安居乐业。眉州从唐到五代，再到宋，基本上没有大的战争。就算宋初王小波、李顺发动了农民起义，攻过眉山城，杀了彭山县令，但没有给眉山造成多大的灾难。宋代眉山的经济，主体是农桑经济。就苏洵家而言，他家有一顷良田，用以种植粮食作物和栽桑养蚕，自给自足，自食其力。当然，正如苏轼在《眉州远景楼记》中所说，眉山的农村还保留着古代的习俗，那就是"农夫合耦以相助"，即农忙时大家合伙耕作，加快耕种速度，不违农时。他们从乡下进城后，依然耕种乡下的土地，还在纱縠行租房居住和经营丝绸买卖。后来，他们有了钱，在纱縠行内买下了属于自己的住房和店铺。文化上就更不用说了，"士大夫贵经术而重氏族"这一古老习俗也一直影响着眉州的士民。当其他州郡的士民还在沿袭五代的陋习时，眉州人已经在努力地读经史，研究经史，不断地对科举发起冲击。先后有田锡、孙抃、苏涣等人考中进士，成了眉州年轻人学习的典范。

要学习，就得有书读。书从何处来？幼儿入学读先生的手抄本；青少年所读的书，则是主讲先生根据自己所教授的内容帮学生购买的，这些书绝大部分是由私家刻板印书坊印刷装订出来的。一般地讲，一家书坊刻一两本书就不错了，要将四书五经、诸子百家刻印出来，需要很多家刻板印书坊。像后蜀宰相毋昭裔那样，能设局刻印九经则需要有强大的经济实力和坚强的毅力。唐、五代时，成都是全国刻板印书中心之一。从宋初开始，刻板印书中心南移到眉山，使眉山成了与杭州、建阳齐名的全国三大刻板印书中心。据史书记载，眉山刻印的四书五经版式疏朗，字

▶2011 年 12 月 27 日，红绸儿翻飞，菜花儿金黄，群英村里群英舞，彩云飘来咱家乡——摄影杨正南

迹清秀，为士人所欢迎。眉山的刻板印书不仅镌刻印刷了四书五经，而且刻印了诸子百家以及当代和前代人的著述。所以，眉山学术活跃，学风浓厚。眉山的刻板印书业一直延续到清代末年。当然，从明代开始，眉山主要刻印三苏的文献，比如明成化年间（1465—1487）眉州太守许仁就在三苏祠内设局，刻印《三苏先生文集》。明嘉靖年间（1522—1566），顾阳和也在眉山刻印《三苏文集》。据《三苏祠志》记载，上述两书三苏祠博物馆都有一套。

这里要重点说的是，清代道光年间（1821—1851），几位眉州太守接力跟进，完成了《三苏全集》的镌刻和印刷这一浩大工程。这项工程的开始应在清道光五年（1825）之前，因本书的序就是眉州太守徐陈谟于道光五年写的。另外，太守弓翊清也撰写有《补刻三苏全集》跋和道光六年（1826）写的序。一直到道光壬辰年（1832），这套书的镌刻工作才结束，也才开始印刷和装订。书的牌记注明"道光壬辰新镌，板藏眉山三苏祠"。从道光五年到十二年（1825—1832），历经七年之久，这项工程终于告竣。这套书的雕版据牌记说藏在三苏祠，从清末到民国，三苏祠的司守人员经常印刷装订《三苏全集》出售，收入还很可观。1949年以后，印刷装订工作即完全停止，雕版仍藏在三苏祠，堆了半间屋，有四千多块。

说了雕版印刷，再来说眉州的私家图书馆"孙氏书楼"吧。明代眉州处士王襄《山学遗碑》全诗如下：

岭头山学肪何时，唐宋文章耀古碑。

书舍晚云依茂树，关河春水带涟漪。

隐君心法楼安在，直讲家声教有遗。

感慨孙吴名胜处，秋风禾黍正离离。

诗人没见到孙氏书楼的模样，只见到了书楼的遗址和刻有"孙氏书楼"的几方石碑。"唐宋文章耀古碑"，这里的文章应该是宋魏了翁的《眉山孙氏书楼记》：

"孙氏居眉以姓着，自唐迄今，人物之懿，史不绝书，而为楼以储书，则由长孺始。楼建于唐之开元，至光启元年，僖宗御武德殿，书'书楼'二字赐之，今石本尚存。自伪蜀毁于灾，乃迁鱼鰦。其居为佛氏所庐，今所谓传灯院是也。若里巷，则固以书楼名。长孺之五世孙降衷，尝游河洛，识艺祖皇帝于龙潜。

▶ 刻板校工（塑像）——摄影杨正南

建隆初，召至便殿，赐衣、带、圭、田，特授眉州别驾，因市监书万卷以还，然楼尚未复也。别驾之孙辟，乃入都，传东壁西雍之副与官本，市书捆载而归，即所居，复建重楼藏之。鱼鰦之有楼，则昉乎此。又尝除塾为师徒讲肆之所，号山学。于是，士负笈景从，而书楼山学之名，闻于时矣。方楼之再建也，在天圣初。辟之从兄，直讲君堪，尝为作记。钱内翰希白、宋景文子京，皆赋诗。辟性倜傥，不耐衣冠，衣方士服。其卒也，从弟文懿公为识其窆，有'不儒其身，而儒其心'之语，故里人又以儒心名之。比岁，楼又毁于灾，书仅有存者。儒心之六世孙曰某，惧奕厥世乃更诸爽垲，以唐僖宗所书"书楼"刻揭之楼，视旧增拓焉。且病所储之未广，走行阙下，传抄贸易以补阙遗，竭其余力，复兴山学。以余二十年雅故，尝以谒请曰：'卜之用力于斯也，亦既癯勤，公盍为我书之，以诏罔极，则序其事以告。'余因惟昔人藏书之盛，鲜有久而弗厄者。梁、隋之盛，或坏于火，或覆于砥柱。唐太元文昭之盛，或毁于盗，或散于迁徙。本朝之初，如江源叔所藏，合江南及吴越之书，凡数万卷，而子孙不能有之，为臧仆盗去，与市人裂之以藉物者，不可胜数。余尝偶过安陆，亦得其吴越省中所藏《晋史》，则佚于他人者，可知，安陆张氏得江书最多，其贫也，一箧之富，仅供一炊。王文康初相周世宗，多得唐旧书；李文正所藏，亦为一时之冠，而子孙皆不克守。宋宣献兼有毕文简、杨文庄二家之书，可敌中秘之藏，而元符中荡为烟埃。晁文元累世之蓄，校雠是正，视诸家为精，自中原无

▶诵读古书——摄影杨正南

事，时已火厄，至政和甲午之灾，尺素不存。刘北舆家于庐山之阳，所储亦博，今其子孙无闻焉。南阳开氏之书，凡五十箧，则尽归诸晁氏。呜呼，斯非天地神人之所靳者耶！而孙氏之传，独能于三百年间，屡绝而复兴，则斯亦不可尚矣夫……虽然，余尝闻长老言，书之未有印本也，士得一书，则口诵而手抄，惟恐失之，其传之艰盖若此。惟传之艰，故诵之精，思之切，辨之审，信之笃，行之果。自唐末五季以来，始为印书，极于近世，而闽、浙、庸、蜀之锓梓遍天下。加以传说日繁，萃类益广，大纲小目，彪列胪分，后生晚学，开卷了然；苟有小慧纤能，则皆能袭而取之。噫，是不过出入口耳四寸间尔！若圣贤所以迭相授受，若合符节者，果为何事？而学之于人，果为何用？则漫不加省。然则，虽充厨切几，于我何加焉！不可甚惧矣夫！"

这里先说魏了翁，魏了翁 (1178—1237)，字华父，号鹤山，邛州蒲江（今成都市蒲江县）人。南宋著名理学家、思想家。自幼聪颖好学，博闻强记，有过目不忘的美誉，被称为神童。庆元五年 (1199) 中进士，官至端明殿学士、同签书枢密院事。卒后获赠太师、秦国公，谥号文靖。魏了翁于嘉定三年 (1210) 任眉州太守，他上任后即干了几件大事：一是组织民工对蟆颐堰渠首进行了整治，扩大了进水量，又对渠尾进行了清淤和加长，使灌溉面积大幅增加；二是将蟆颐山下的迎宾馆共饮亭扩大，提高了接待能力，同时将共饮亭更名为"江乡馆"；三是疏浚了城内的环湖，仿旧时的模样，修建了披风榭。更重要的是，他引导士民遵循古礼，尊敬耆老，提拔青年才俊，亲自讲学教授，教化民

众，推行乡饮酒礼，增加州级的贡、士、员生的名额，使眉州重振文风。正因为这样，他当眉州太守虽然时间不长，但政绩卓著，深受眉山人的尊敬和喜爱。他离眉不久，眉山人就在学宫旁边为他修了遗爱祠，后又将江乡馆底楼辟为二忠祠，将其与唐时的孟昭图一同祭祀。

从魏了翁《眉山孙氏书楼记》可以看出，眉州的孙氏书楼始创于唐开元年间（713—741），首创人是孙长孺。唐光启元年（885），唐僖宗书"书楼"二字赐予长孺的子孙，书楼得到了皇家的肯定。长孺的五世孙降衷在五代时曾游河洛之地，结识了时为后周兵马大元帅的赵匡胤，两人很谈得来。赵认为孙很有才华，学识丰富，有见解卓识，堪大用。孙认为赵有雄才大略，绝非一般武将所能搁平。待到陈桥驿兵变，赵匡胤黄袍加身，当上了宋朝的第一任皇帝，史称太祖。宋太祖当上了皇帝后，没有忘记老朋友孙降衷，于是召见了孙降衷，准备留他在身边为官，但孙降衷坚决不同意。宋太祖只好赐给他衣、带、圭、田，并赠予他眉州别驾的闲官。孙氏书楼于五代后蜀时焚毁，书仅存无几。降衷在京城购买各种书籍万卷回眉，但是书楼还未修复。降衷之孙辟，别号"儒心"，又入京收集购买各种官本和民间本，捆载而归，在自己的居所，修楼以藏之。书楼就从眉州城转移到了岷江河东的鱼鳅镇（今眉山市东坡区复兴镇）。孙辟不仅修了藏书楼，而且开办了私塾，号为"山学"，聘请学识渊博者来校讲学。眉州的学子成群结队地挑着书箱行李来校读书，于是书楼山学闻名于世。其时，眉州人孙堪写有记，钱希白、宋子京也为此写诗文叙其事。然而，不幸的事又发生了，一场大火烧掉了书楼，藏书又所剩无几。

到魏了翁任眉州太守时，"儒心"的六世孙将书楼移到比较干燥的乾明寺山上，又到京城采购书籍，使书楼重新兴起。儒心的六世孙请魏了翁写了上面这篇《眉山孙氏书楼记》，详细记叙了孙氏书楼的兴衰始末，也记叙和赞颂了孙氏十几代人的坚韧和锲而不舍的精神，使书楼能延绵三百余年而尚存。

我们再来读一首提到孙氏书楼的诗：

灯火相传古院道，昔人曾此架危楼。

杖头风月禅机秘，石上烟云道未修。

水鹤有松还有桧，岩花无夏亦无秋。

残碑记得前朝事，涧底清泉昼夜流。

处士王襄这首《禅院传灯》说的就是传灯禅院，之前应是孙家的房舍，孙氏书楼就在这座禅院里，"昔人曾此架危楼"是说过去有人在此修建了一座高大的书楼，昔人当然是指孙家的后人。王襄看到的传灯禅院还在，和尚、香火也还有，只是书楼没有了。"残碑记得前朝事"，应该是说院里的古碑已经残缺不全了，这古碑应是唐僖宗的"书楼"二字碑、孙堪记事碑和魏了翁的《眉山孙氏书楼记》碑。孙氏书楼毁于何时，后人没有记述。

第十一章　中岩寺

宝鼎香浓添柏子　胆瓶春色上梅花

　　青神县南二十里的岷江东岸，有山曰中岩，又叫慈姥岩，山上有寺曰中岩寺，又叫景德寺。寺又分下寺、中寺和上寺。下寺在岷江边，中寺在牛头洞旁边，上寺在石笋三峰处。中岩山因处于岷江边，从汉代开始，进出川走水路的蜀郡人多了起来，中岩下寺江边就成了重要的码头。停船休息、上下船的人多了，这里自然也就热闹起来。十八罗汉中的第五罗汉诺巨那尊者到中岩山，将中岩山作为他弘扬佛法的道场。所以其开发时间比峨眉山还早，故有"先有中岩，后有峨眉"之说。中岩山自唐以来就是风景名胜地，被誉为川南林泉最佳处、川南第一丛林。我们先来读一首明代兵部尚书余子俊的《游中岩》诗：

　　　　步入中岩日已斜，老僧锡杖入烟霞。
　　　　呼童净扫维摩石，留客频煎石笋茶。
　　　　宝鼎香浓添柏子，胆瓶春色上梅花。
　　　　倚栏看罢三峰笋，始信招提景最佳。

余子俊，明代四川青神人，字士英，景泰二年（1451）进士。在户部任职多年，以廉洁著称，出为西安知府，擢延绥巡抚，力主沿边筑墙建堡之策。不久移任陕西巡抚，在西安开渠，经汉故城以达渭，人称余公渠。凡所兴作，皆数世之利。宪宗时，官至兵部尚书。谥号"肃敏"。锡杖，寺庙主持僧所持的权杖，佛教语，"一曰声杖，鸣杖。僧所持者。杖头安环，摇动作声。以锡为之，故曰锡杖"。中岩山石笋三峰，文字记载三峰无名，老百姓依其形状分别叫香炉、宝鼎和宝瓶。所以，诗中有"宝鼎香浓添柏子，胆瓶春色上梅花"之句。招提，佛语说："四方之僧曰招提僧，四方僧之施物曰招提僧物，四方僧之住处曰招提坊。'招提'二字，寺院之异名也。"

余子俊还有一首《三岩纪游》诗：

> 一陪元老翠微隈，展齿分明印绿苔。
> 使节乍传青鸟至，皇华遥带白云来。
> 摩天石笋三峰出，绕涧羊肠一径开。
> 冠冕文章真大手，殊荒今见勒铭才。

"使节乍传青鸟至，皇华遥带白云来"，诗人正陪一位重要的客人游中岩山，负责传达信息的部属突然传来信息说朝廷的信使到了，一定是带来了重要信息。皇华，源于《诗·小雅·皇皇者华》："君遣使臣也，送之以礼乐，言远而有光华也。""冠冕文章真大手，殊荒今见勒铭才"，是说黄庭坚的文章《大雅堂记》，没有一定冠冕的人是不能入大雅之堂的。今天在这比较荒僻的中岩山见到了黄庭坚写的《玉泉铭》刻石，才真正见识到了黄庭坚的才华。

现在我们来读一读冯时行的《题三峰》：

古院无人僧作佛，碧潭有水鱼化龙。

当年矩诺小游戏，一石击碎成三峰。

冯时行，宋代广西恭州人，字当可，号缙云。绍兴年间（1131—1162）举进士第一，以奉礼郎召对，力言和议不可信，得罪秦桧，出知万州（重庆万州），不久被罢免。秦桧死后，冯时行被起用，任蓬州（四川省仪陇县一带）、黎州（四川省汉源县清溪镇）太守，卒于提点成都刑狱任上。"矩诺小游戏"指的是异僧在潼川牛头寺受到优厚的待遇，临别时送了一把木钥匙给牛头寺主持僧，并说如果将来有事，可到中岩寺找他。后来因斗头寺低头佛头上的一颗明珠掉了，主持僧寻访到中岩，以木钥匙敲击山岩，山岩立即碎成石笋三峰。诗人认为，这不过是异僧矩诺玩弄的一个小游戏而已。

我们再来读一读宋代人李壁的《慈姥岩》：

洗尽一春歌酒尘，苍江吹破碧粼粼。

繁华过眼都如梦，只有三峰是故人。

李壁，宋代四川丹棱人，字季章，号雁湖居士。少颖悟，日诵万余言，属辞精博，绍熙元年（1190）进士，为正字。宁宗初任著作郎，后谪居抚州，又起知遂宁府，谥文懿。中岩又叫慈姥岩，因地处岷江边，又称慈姥矶。《中岩山碑记》："中岩，一名慈姥岩。自晋至宋，慈姥夫人生八子，皆菩萨龙，实彼所择此山，故施尊者以充阿练，岩处即尊者显迹盘旋之所也。"诗人初夏游中岩，雨过天晴，景色优美，江水涌动，将春天碧粼粼的平静的江水吹破，使江水有了波浪。诗人感慨，那些过去的美好时光都如梦如云烟，只有那石笋三峰永远屹立在中岩山上，只有它们才是人们永远的朋友。

▶青神"中岩"——摄影杨正南

在写中岩山的诗中，宋人余玠的《中岩并序》写得清新明快，引人入胜：

> 淳祐六年，岁在丙午，五月下浣，憩于中岩，倦行役也。予以王宾被命入峡，明年建牙于渝。其年入泸南，出阆中。明年出嘉、庆，出利、剑。今又抚临邛而西至益州，转峨眉，下凌云，观山水之美，觉宇宙之大，见万物自得，而叹此生之牵羁也。一旦与客来自茂林清泉，荫照岩石，亦人间胜景。山僧可人，言语软解，恨不脱冠裳与俱。人以冠裳为荣，我视之直牵羁之具。但时方多艰，上恩深重，不可孤负。且忧世或指名谓为独清，故未敢决然引去。俟他日初了王事，便当遂吾雅志。林木泉石，试听我言。因用石湖汛溪诗韵留题，以纪岁月。

与客上翠微，路滑马蹄削。

行行会心处，便觉世味薄。

三峰原自开，洞门无锁钥。

夹道列松楠，谁为张帷幕。

擎空耸岩石，亦如起楼阁。

养身于其间，胸次何洒落。

欲唤深潭鱼，恐妨鱼之乐。

但与入定僧，念头牢抠握。

何时挂我冠，与僧共丘壑。

我心甚了了，此计尚难漠。

欲遣我独清，又恐人皆浊。

峦下有山泉，洗盏且斟酌。

余玠，宋代湖北蕲春人，字义夫。少为白鹿洞诸生，家贫落魄，喜功名。因事亡命，入赵葵幕府，以功补官。淳祐初，特命为四川安抚使。大更蔽政，遴选守宰。设招贤馆以待士。采纳播州（贵州遵义）冉氏兄弟的建议，筑青居、大茨、钓鱼、云顶、天生凡十余城，皆因山为垒，星分棋布。屯兵聚粮，修学养吏，轻徭薄赋。自宝庆以来，蜀帅未有能及之者，累官资政殿学士。诗人说他用范成大的汛溪诗韵来写中岩山，范成大的诗名乃《游中岩记及诗》，而非汛溪诗。范成大的诗，我们在下一章中阅读。

明代成化年间（1465—1487），青神县有位举人，叫王文杰，写了一首《中岩寺》：

殷勤携杖访禅关，远在城南第一山。

径草翠摇鹦鹉绿，林花红点鹧鸪斑。

岚开秀岭浓于画，云散清溪曲似环。

更向三峰高处望，天台风景隔人间。

诗人描写中岩山风景，笔调轻快，灵动鲜活，给人以中岩山风景美不胜收的感觉。"城南第一山"——中岩山在青神县城南将近二十里的岷江东岸，故称城南第一山。《青神县志》云："中岩寺，邑南渡江十八里，川南第一山。"

再来读一读乐山人对中岩寺的景和人的描述：

学士西归住碧山，来游野寺共偷闲。
三岩楼阁虚无外，九顶风烟咫尺间。
天极北临云漠漠，江流东下水潺潺。
且将一杯酬勋业，笑对清溪鬓已斑。

程启充，明代四川嘉州人，字以道，正德三年（1508）进士。授为御史。世宗即位，首争兴献皇号，程启充数次以言语忤帝旨。张璁、桂萼等人很不喜欢他，处罚他谪戍边卫十余年。程启充被赦免后回到家乡嘉州，想起了与他同时参与庭议被贬官居家的青神人、翰林学士余承勋，于是溯江而上来青神拜访余承勋，并与余承勋兄弟游中岩寺，写下了上面这首诗。"学士西归"，这里是指翰林学士余承勋，程启充、余承勋与后面将要提到的徐文华、杨慎等人参加了反对嘉靖皇帝封自己的生父为兴献皇帝的庭议"议大礼"而被贬官、戍边。余承勋被贬后回到青神老家，有时也住到郁郁葱葱的中岩山上。程启充住在嘉州的九顶山上，中岩山与九顶山相距不远，所以诗人说"九顶风烟咫尺间"。余承勋招待程启充在下寺喝酒，程启充也举杯感谢余承勋、余承业兄弟。主宾举杯笑对，发现时光流逝，大家都已两鬓花白。

同样是嘉定人，同样是正德三年进士，同样是参与"议大礼"而被贬官，谪戍边卫，徐文华也写了一首关于中岩寺的诗：

淙淙流水一溪斜，潭影琛眸空晚霞。

古树秋巢云海鹤，夜瓶寒煮玉泉茶。

两岩直欲雄千仞，尊酒何妨博五花。

莫把凌云浪相拟，不知两地定谁嘉。

徐文华，字用光，明代四川嘉州人，正德三年（1508）进士，初任大理评事，擢监察御史，巡按贵州。嘉靖二年（1523），入为大理寺右少卿。嘉靖六年（1527），张璁、桂萼、方献夫以议大礼一事弹劾徐文华等人，徐等官员下狱。案结，徐文华戍边辽阳。诗人赞颂中岩山雄、水秀、树古、禽珍，观赏了唤鱼池，品尝了玉泉茶。他还感慨地说，请不要随便将凌云与中岩相比拟，两地景致谁更好还值得研究。

还有一位诗人，也因参与"议大礼"而被谪戍云南，即四川新都（今成都新都区）的状元杨慎（升庵），他多次来往于新都与云南之间，经常路过中岩寺，每次到青神，都要受到余承勋兄弟的款待。他写有不少的中岩诗，这里选其中一首《中岩留别余方池、草池兄弟》：

又别中岩二十春，禅枝忍草几昏晨。

三生水月淹留地，万里江山感慨身。

楚泽羁累吟北渚，谢家兄弟饯南津。

酣杯且喜朱颜在，览镜休惊白发新。

杨慎与余承勋都因"议大礼"而被贬谪，杨慎谪戍云南，余承勋被降职，后又因其他事受牵连，被彻底削职，只好回青神老家。杨慎赴云南时，曾路过青神，拜访余承勋。二十年后，杨慎又赴云南，又到青神拜访老朋友余承勋，余承勋和兄弟余承业又在中岩寺款待杨慎，并为其饯行。余方池即余承勋，字懋昭。余草池即余承业，字懋贤。"谢家兄弟"，指南北朝诗人谢灵运和谢惠连，世称大小谢。

前面几首诗都提到余承勋，那我们就来读一读余承勋写中岩的诗吧。先读他的《春日中岩次韵》：

　　春日登临雾雨蒙，丹梯石笋交摩空。

　　狼啼修竹蒋诩径，雀啄新兰陆羽丛。

　　结想烟霞脱飞鸟，惊心鸣鹤窥樊笼。

　　碧山一卧遂回首，自愧著书非扬雄。

先说余承勋。余承勋，字懋昭，号方池，明代四川青神人，余子俊之孙，余寰之子。正德十二年（1517）进士，授翰林院修撰。嘉靖间（1522—1566）议大礼，被贬为锦衣百户。王安奇（邦）假以建言边情，诬奏兵部主事杨惇。惇与余承勋是朋友，也受株连被遣，后复职。余承勋还家后在三岩山中著书四十年，与杨慎也是好朋友。据《余氏族谱》："余承勋之妻杨氏，新都杨廷和之女。"如是，则余承勋应是杨慎的妹夫。诗人叙述了自己隐居山中的生活。丹楼，在中岩的丹梯岩洞外，旧时建有丹楼一座，与隔溪的石笋峰相对。丹楼什么时

▶ 中岩石笋三峰——摄影杨正南

候圮毁也不可知，丹梯尚在。石梯尽处的岩洞内壁刻有嘉靖九年（1530）七月宗印所题"丹梯"二字。蒋诩，汉代杜陵（今属陕西西安）人，字元卿，曾在自己房前竹下开三条路，只有故友和他一道游。王莽摄政后，蒋诩以病免官，归乡里，卧不出户。陆羽，唐竟陵（今湖北天门）人，字鸿渐。上元年间（760—761），隐居苕溪（在浙江省北部），拜太常寺太祝，不就。杜门著书，流传下来的，只有《茶经》三卷。脱飞舄，屐也。《后汉书·王乔传》：传为东汉河东（今属山西夏县）人，曾任叶县令。有神术。常自县至京师，而不见车骑，临至，必有双凫飞来，人举网得之，则为乔所穿之鞋。此处指诗人向往中岩山山境幽美，想脱掉官服前往。扬雄，西汉时文学家、哲学家、语言学家，著有《法言》《太玄》《方言》等。诗题为"春日中岩次韵"，诗人不知是谁。查中岩诗集，只有余承恩写的一首同韵的诗，诗题也是《春日中岩次韵》，全诗为"春岩若翠昼阴蒙，草树微茫接远空。绀阁鸣钟传静壑，琅函翻贝散香丛。啜来新茗分江勺，调入浮云破月笼。把酒对君谈往事，匣中短剑敢称雄。"看来两人的诗完全同韵，是次别人韵的，先写诗者似还有他人，待查。

再读余承勋一首非常闲适的《游三岩》诗：

良夜嘉招遣驿来，携壶江寺共登台。
天连远树晴岚合，钟动虚楼晓雾开。
洞口听泉频憩赏，笋根刻句漫衔杯。
闲中把赠空云雾，笑倚春岩摘野梅。

诗人在头天晚上接到驿站送来的信息，有老朋友来到青神的中岩驿站，于是他早上便带着酒壶与朋友一道登上了中岩山台。他们望见了远处的大树，山间的云气，听到了寺庙里的钟声，在玉泉洞口休息，欣赏泉水滴落及黄庭坚的《玉泉铭》，在石笋脚下观前人的诗文刻石，举杯喝酒。看来时间是好时间，朋友是好朋友，心情是好心情，所以，"笑倚春岩摘野梅"。

　　明代游中岩、写中岩的文人有很多，留下的诗也不少，其中重要原因是翰林学士余承勋赋闲在中岩山四十年，同辈的诗人以及共同参与过议大礼的那一批朝廷官员，路经青神，一定要来拜访他。他知道谁要路过中岩，也一定要在中岩置酒款待。酒宴与游山之间，必然有诗歌唱和。所以，明代的诗歌也就特别多。

　　读了部分明代人写中岩的诗，我们来读一读清代人写中岩的诗吧。先读乾隆年间（1736—1795）青神县令林鸿的《游中岩》：

> 闻说中岩号小峨，簿书十载几时过。
> 唤鱼须念鱼颒尾，伏虎何如虎渡河。
> 太极融来心是佛，穿云时出幻非魔。
> 静观自得皆丘壑，底事逃禅叩月哦。

　　林鸿，清代福建浦城人，进士。乾隆十年（1745）为青神县令。诗人听说中岩有小峨眉之称，当其游览中岩山时，听到了有关唤鱼、伏虎、穿云洞、木钥扣石等故事，心情愉快。他觉得只要静心地观察，所有的景观都是一丘一壑，心是佛，幻非魔，只要心静自然，就会感受到你所需要的东西。这是县官游中岩的感觉。我们再来看文人游山的感觉：

> 轻帆乍卸指林丘，载酒聊为览胜游。
> 曲径修篁穿峡蝶，垂萝古树挂弥猴。
> 泉飞赤壁空中落，云起瑶台象外浮。
> 更有奇峰插天汉，人间何处访瀛洲。

　　高峻起这首《游中岩》诗与林鸿的《游中岩》诗题相同，立

意也是在描写中岩的景色。不过高峻起的诗描写更实一些，中岩景色也更优美一些。高峻起，清河南虞城人，乾隆十四年（1749）任四川学政使，是一大文人。他不仅实写中岩的美景，而且赞美中岩美景就是传说中的仙山瀛洲。

在写中岩的诗人中，以任青神县令的人为多，前面已经读过好多首，后面两章也还会读到一些。我们再读两首县令诗。一首是程尚濂的《游中岩寺》：

> 松篁幽静鸟相呼，台殿参差乍有无。
>
> 一径盘将梯势窄，三峰抽作塔形孤。
>
> 名垂早记黄山谷，碑断曾诗范石湖。
>
> 较比峨眉早入手，青衣江上酒频沽。

程尚濂，清代浙江永康人，举人，嘉庆元年（1796）任青神县令。任上重视文教，培养诸生。另一首是伍生辉的《中岩》：

> 一入烟霞路，而无车马氛。
>
> 林花红著雨，山树碧团云。
>
> 云气仙床涌，山岩落夕曛。
>
> 石梁谁采药，人语隔溪闻。
>
> 钻岩诸佛古，摩壁好诗多。
>
> 石笋排空立，泉声曲涧过。
>
> 绝壁生青藓，游鱼跃碧波。
>
> 倘容分一角，长此隐烟萝。

伍生辉，字介康，清陕西泾阳人，咸丰元年（1851）以诸生进入左宗棠幕府。光绪初到四川多地任知县，其中就包括青神县。其诗清新、自然、明快，使人读后有渐入佳境的感觉，也有与诗人相同的感觉——"倘容分一角，长此隐烟萝"。此诗因写得好，曾被刻碑立于双龙桥旁，二十世纪六七十年代被毁。

最后，我们再来读一首以杭州景点引入中岩景点，从而详述中岩景点的一首长诗《重游中岩寺》：

灵隐寺外一泓泉，飞来峰石清且妍。

云栖寺外五里竹，寺门乃在山之麓。

西湖之山海内稀，两寺林泉梦欲飞。

永怀故国中岩寺，心自品题分轩轾。

归来返棹及青神，江边葱茜向人亲。

石桥省是旧时路，流水潺潺绿阴筠。

徜徉初得唤鱼池，坡老风流真吾师。

孤云来住穿云洞，丹岩悬乳滴珠垂。

何年鳌石为太极，泉以此后固其宜。

▶ 中岩寺下寺——摄影杨正南

迤逦再过玉虹北，石笋三峰何特奇。

梯笋扪参瞻古殿，四百年前彼一时。

前度题诗兴未败，双壁飞岚上衣带。

指点却从何处来，蹬路都隐藤萝外。

大壑蜿蜒走生蛇，古树高擎郁如盖。

巫峡从来多猿啼，跳跃叫号此其最。

巨那尊者开道场，雁荡龙湫知可汰。

吁嗟乎！

古人碑碣总模糊，天风吹袂一长吁。

白骨半惊秋井塌，谓石不朽石何如。

　　诗人在浙东参观了杭州山水，回到青神后又重游中岩寺，从杭州山水引入中岩胜景，写了一首好诗。

第十二章　唤鱼池

唤鱼自昔羡坡公　今古虽殊兴致同

　　唤鱼池，在中岩山下寺与中寺之间的半道路旁，有一个山溪水流到此形成的小水塘。这个小水塘，在苏轼来中岩山之前是没有名字的，就是一个不起眼的小水凼。中岩山，被人称作"川西园林最佳处"，据说中岩山的开发比峨眉山还早，因此有人说"先有中岩，后有峨眉"。一般人直接把中岩山称为中岩寺，是以寺名代山名。前面说过，中岩寺分上、中、下三寺。下寺在岷江边上，中寺在半山坡的牛头洞旁边，上寺则在翠微峰前的石笋三峰处。上寺旁边建有中岩书院，其时中岩书院的院长兼主讲是青神乡贡进士王方。在这之前，王方在嘉州的九峰书院当主讲，不久前才回青神，在中岩山上寺旁修建了中岩书院，亲自担任院长和主讲。他学识渊博，为人友善，态度谦和，深得青神学子们的敬重。学院开班不久，青神及周边州县的学子都纷纷前来中岩书院学习，向王方先生讨教。一时，中岩山上山下，到处都能见到青年才俊。

　　王方的家就在岷江河对岸、思蒙河的瑞草桥边，他几乎每天都要往返于学院与家之间。中岩山的一草一木、一石一水，他都了如指掌。对于下寺与中寺之间的小水凼，他天天见，见惯不惊。有一天，他又来到小水塘旁边，茶亭的老板见是王老先生，请他坐下来喝一杯茶再走。王方见天色尚早，也就答应了。他一边品茶，一边观察着眼前这个小水塘，一边思索着：池塘不吸引人，不被人重视，是因为它没有名，没有一个响亮的名字。如果有了名，有一个响亮的名字，它就会被人重视，被人青睐。想到这里，他做出了一个很好的决定：召集青神县的文化人和在学学子某天来小水塘边雅会，并为小水塘命名，以提升中岩山的名气。当然他还有一番心思，那就是要通过对小水塘命名来考察一下青神学子们的情商与智商，从中挑选一位青年才俊做自己的乘龙快婿，因为自己的女儿王弗尚待字闺中。虽有多家豪门上门提

亲，但他们一家都未答应。王方想通过此举有意外收获。

　　雅会这天，小水塘边人头攒动，欢呼声、喝彩声不断传来，
"钓鱼池""赏鱼池""藏鱼池""隐鱼池""观鱼池"……一
个一个地从秀才举子们的口中迸出来，还有人引经据典地说明命
名的由来。王方一面听着大家的议论，一面思索着这些池塘名，
觉得也有雅的，也有可用的，但总觉得不是最好的，不能给人以
活泼机灵感。

　　说来也巧，苏轼和苏辙在眉州城内读书，听说王方在青神中
岩寺创办了中岩书院，又听说王方很有学识，将四书五经讲得头
头是道，融会贯通。他们在征得父母的同意后，结伴来中岩寺向
王方老先生学习。这不，他们刚步入中岩山，来到小水塘旁边，
就赶上王方老先生组织的为小池塘命名的雅会。因是初来乍到，
不敢在生人面前逞能，只在一旁静静地听着，兄弟俩还不时地

▶中岩"唤鱼池"——摄影杨正南

小声讨论着。

　　人们见王方一直未表态，未做任何评论，于是渐渐安静了下来。王方抬眼扫视了一下众人，问道："还有谁没有发言？还有新的见解没有？"突然他的目光停留在两个陌生的面孔上，便朝他们招手道："年轻人，过来，过来。"苏轼、苏辙见王老先生召唤，不敢怠慢，急忙走到王老先生跟前，恭敬地施礼道："学生拜见老师！"王老先生迟疑地问道："你们是？"随后赶到的苏家家院苏福急忙上前对王老先生道："王院长，这两位就是几天前我来书院帮报名的我家大公子苏轼和二公子苏辙啊！"王方把兄弟二人好一番端详，小声地说："啊，眉州城里的苏家，不错不错！"他的"不错不错"，不知是赞扬苏氏兄弟很懂礼貌还是赞扬兄弟二人长得标致，一表人才，这里不管它。王方看着苏轼说："你已经知道我们今天的雅会是为这个小水塘命名的，你有什么好的名字可以说出来，大家评一评、议一议。"苏轼谦虚地回答："学生初来乍到，不敢造次，更不敢鲁班门前玩大斧。"王方说："你不要考虑那么多，有什么想法说出来，供大家品评。"苏轼见推脱不过，只好往水池边跨前两步，大声地说道："王老先生、各位长辈、各位学长，刚才听了大家给水塘命的名，都很好，都有雅意，但学生认为这些名字都显得陈旧，不够新鲜，且没有显现出水塘的活泼灵性。大家看这水中的鱼儿，人们拍手即来，挥手即去，多么的悠然自得。依学生之见，这水塘取名'唤鱼池'最好。"他的话音一落，人们就议论开了，叫好声响成一片。王方当即宣布，今天的命名雅会就此结束，苏轼的一个"唤"字既新又雅，还给水塘赋予了灵性，这个水塘就叫"唤鱼池"了。说完，他突然想起，雅会开始不久，丫鬟曾经带了女儿写的一张纸条，说是与水塘命名有关。因为忙，他还没来得及看。他急忙从袖筒中拿出纸条，展开一看，他不禁"咦"了一声。只见上面写着："爹爹，你们要给中岩山的小水塘命名，孩儿也想好了一个名字，就叫'唤鱼池'吧。您看如何？"王方看了下纸条，又把身旁的苏轼看了几眼，这难道是"心有灵犀"，还是冥冥中有数？不管怎样，苏轼与

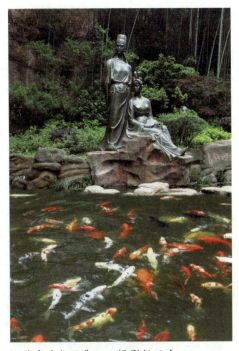

▶苏东坡与王弗——摄影杨正南

王弗在唤鱼池命名上想到了一块儿。之后他们常常在水池边、山坡上邂逅，最终结成连理。王方不仅同意了苏轼为小水塘的命名，还叫苏轼榜书了"唤鱼池"三字，将这三字刻在了唤鱼池边的悬崖峭壁上。

　　这个故事从北宋中叶就开始流传，但在宋人或后代人叙述中岩寺的诗文中，提到苏王恋爱和结婚的却很少很少。我们还是来读蔡珽的《唤鱼池》吧：

　　　　唤鱼自昔美坡公，今古虽殊兴致同。

　　　　我到池边还拍手，风流未分让髯翁。

　　蔡珽，字若璞，号禹功，别号无动居士，又号松山季子。清

奉天锦州人，雍正年间（1723—1735）进士，官至直隶总督。这首诗刻在苏轼手书"唤鱼池"三字旁边的石壁上，诗后有一段跋文："雍正癸卯（1723）松山无动居士蔡珽题。"在中岩的所有诗作中，此诗被认为是一首最明确地说明唤鱼池与苏轼有关系的诗。

在宋人的诗文中，最早提到唤鱼池或唤鱼潭的诗人是范成大，他的《游中岩记及诗》写道：

去眉州一程，诺讵罗尊者道场，相传，昔有天台僧遇病僧，与之木钥匙云：异时至眉州中岩，扣石笋，当再相见。后果然。今三石屹立如楼观，前两楼纯紫石，中一楼萝蔓被之，傍有宝瓶峰，甚端正。山半有唤鱼潭，慈姥龙所居。世传雁荡大小龙湫，亦诺讵罗道场，岂化人往来无常处耶？

赤岩倚玲珑，翠逻森戍削。

岑蔚岚气重，稀间暑光薄。

聊寻大士处，往扣洞门钥。

双撑紫玉关，中蠹翠云幄。

应供华藏海，归坐宝楼阁。

无法可示人，但见雨花落。

不知龙湫胜，何似鱼潭乐。

夜深山四来，人静天一握。

惊看松桂白，月影到林壑。

门前六月江，世界尘漠漠。

宝瓶有甘露，一滴洗烦浊。

扣天援斗勺，请为诸君酌。

看来范成大与陆游等人都没有将中岩山的唤鱼池与苏轼扯上

关系。只说山半有唤鱼潭，唤鱼潭是谁命名的，他没有交代。在诗中，他也只写道"不知龙湫胜，何似鱼潭乐"，给人一种模糊的感觉，他似乎在赞美苏轼与王弗因唤鱼而情定终身的快乐。整首诗清新、明快，把山上的景点基本叙述了一遍。

宋人张方的《三岩山》诗中写道：

城南带月驾轻篷，趁泊中岩听晓钟。

峭壁藤萝天一罅，苍颜烟雨石三峰。

潭深我自知鱼乐，禅定谁能识古踪。

野马蜂花寒食近，青山元不为春容。

这里的"潭深我自知鱼乐，禅定谁能识古踪"，笔者认为也是暗指苏轼、王弗一同游览中岩山，在唤鱼池边拍手唤鱼，在佛龛前双手合十许愿的事。笔者曾在《少年苏东坡》和《苏轼全传·故乡情愫》两书中，详细叙述王弗给在中岩书院读书的苏轼、苏辙兄弟导游中岩山时，苏轼曾在佛像前合十许愿说："佛祖啊佛祖，请保佑我苏轼在中岩书院学业有成；菩萨啊菩萨，请保佑我苏轼在中岩山找到一位像王弗小姐一模一样的女人做妻子。"当时的依据就是这两句诗。这首诗就镌刻在伏虎台的峭壁上，题款时间为宝庆元年（1225）清明前三日。张方，字义立，宋四川资中人。庆元年间（1195—1200）进士，官至兵部侍郎。另外明代诗人姚祥的《景德寺》诗中有"池扁唤鱼鱼自乐，岩前伏虎虎谁欺"，许赞《三岩山》诗中有"唤鱼池莹光涵月，祈雨潭深起伏虎"，也都明确提到唤鱼池。

另外，明代人范永銮在《灵岩寺》中这样写道：

春江新雨泊孤篷，三寺山腰落晚钟。

水绕青衣还五渡，云连慈姥拥中峰。

唤鱼僧习当年事，叩石人忘旧日踪。

曲径禅房花木别，烟消风细互修容。

范永鋈，明代湖南桂阳（今湖南汝城）人，字汝和，正德年间（1506—1521）进士，督福建学政，改陕西兵备副使，列四川右布政使，所至有政声。"唤鱼僧习当年事"，是说寺里的和尚每每向游人演示和宣讲当年苏轼拍手唤鱼和苏王联姻的故事。

又如明人陈鎏的《景德寺》诗：

山人昨日下峨眉，又向中岩赴远期。

问字乌尤逢郭璞，唤鱼濠上问庄痴。

文名久擅西川胜，良晤初酬廿载思。

莫恨三苏虚雁迹，山中今有二余诗。

陈鎏，明代江苏吴县（今江苏苏州）人，字子兼，号雨泉，嘉靖十七年（1538）进士。除工部主事，累官至四川右布政使。他善书法，与祝允明、文徵明先后各成一家。诗中的"唤鱼濠上问庄痴"，是借用庄周与惠施在濠水问答的典故来说明苏轼拍手唤鱼的合理性与小水塘被命名为唤鱼池的准确性。"莫恨三苏虚雁迹"，是说不要遗憾三苏父子在中岩寺留下的遗迹太少，三苏像大雁从空中飞过一样，留下的痕迹是虚的。尤其是苏轼既然与王弗在中岩山相识相恋，结为秦晋之好，应该在中岩留下更多的痕迹才行。这是所有中岩诗中第一次提到三苏。

清代青神县令吴汝翼《中岩三首》的第一首诗如下：

水向中岩落，苏公寄兴长。

行人江畔去，指点是平羌。

苏公即苏东坡，诗人说苏东坡寄情中岩山水，情意深长。苏东坡先是来中岩书院求学，因唤鱼池的命名与王弗相识。他们在中岩山水间徜徉，相恋相爱，终成眷属。婚后十年，王弗因病去世，留下一个儿子，叫苏迈。几年之后，苏轼回乡守父孝，又到中岩山寻那已逝去的梦。结果真的梦想成真，他又在唤鱼池边遇见了长得酷似王弗的王弗的堂妹王闰之，便又在唤鱼池边与王闰之相恋。待守孝期满，便与王闰之成婚，苏轼第二次当上了王家的东床。这就是诗人说的"苏公寄兴长"。

我们再来读一首青神本地人写的诗：

踏破烟霞路，寻碑曳杖行。

湿云堆寺重，熟果坠岩轻。

雨过山增色，风高树有声。

东坡遗屐在，我欲借先生。

这首《游中岩遇雨》诗是青神人滕国贤写的，诗人不仅想到了东坡在中岩山的遗迹，还希望能借东坡的遗屐穿一穿。前面读过的青神人顾汝修在他的《重游中岩寺》长诗中写道：

归来返棹及青神，江边葱茜向人亲。

石桥省是旧时路，流水潺潺绿阴筠。

徜徉初得唤鱼池，坡老风流真吾师。

看来青神人对苏轼青年时期在中岩寺求学读书，在唤鱼池命名上与王弗巧合，苏王在唤鱼池边自由恋爱、结成连理一事，深信不疑。所以，近年来青神人对外如此宣传："青神，苏东坡初恋的地方，欢迎来亲（青）。"

第十三章　牛头洞

额上明珠已露机　那堪圣佛放头低

　　牛头洞在中岩山上，中寺的旁边。《青神县志》载，苏轼有一首题中岩尊者洞的诗：

　　　　额上明珠已露机，那堪圣佛放头低。

　　　　洞门不是无人锁，这锁还须这钥匙。

　　这首诗讲了一个故事：元徽年间 (473—477) 有个有特异功能的僧人到潼川府的牛头寺挂单，牛头寺的主持僧以厚礼款待他。离开时，异僧赠给主持僧一把钥匙并对他说："以后想见我，当至中岩山后。"后来，因牛头寺内低头佛额头上的一颗夜明珠遗失，主持僧为寻访夜明珠来到了中岩寺，以钥匙叩击山石，山峰顿时裂为三座山峰，见异僧正坐在里面，他对主持僧说："我在江滨找到了你寺遗失的佛珠，已经等你很久了。"苏轼将这个故事写入诗中，使诗清新明快，富有哲理。这首诗未载入《苏轼诗集》，只载于光绪版的《青神县志》，但没有写作时间。十几年前，笔者在编纂《少年苏东坡》时，将其作为苏轼少年时的作品纳入了《少年苏东坡》一书中，而且根据书中的情节与故事发展，将其作为王弗为苏氏兄弟导游中岩山，在牛头洞前讲述的故事之一，并说从这个洞可以走到川北的潼川府。苏轼对王弗的讲述表示怀疑，认为从洞中到潼川府需要走一个多月，吃什么？用什么照明？苏轼为了搞清楚洞中的情况，真的提着灯笼，拿着竹竿到洞内转悠了一圈。当他走出洞外，王弗问他感觉怎样，苏轼说他没能走到潼川府，主要是因为没有异僧赠送的钥匙，打不开石门的锁。于是他向王弗和苏辙等人口述了他的诗。当然，故事是笔者当年杜撰的，但诗确是真的。

　　明代眉州太守许仁的《眉州八景·灵岩石笋》诗中写道：

灵岩寺外石三峰，曾说牛山有路通。

试向洞门问消息，满空烟雨昼濛濛。

▶青神中岩寺牛头洞——摄影杨正南

许仁也相信牛头洞有路可通到潼川府，尝试着到洞门口打探情况，但只见洞中满是烟雨，白昼所见是灰蒙蒙的一片。

明代青神人余寊《石笋》诗云：

> 石笋分枝不计年，牛头当日事犹传。
>
> 巨那一段真消息，留与中岩作福田。

余寊，明代青神人，余子俊之子，成化庚子（1480）乡试举人，由父荫为锦衣卫千户。诗人认为山石分为三石笋，已经不知多少年了。但当日牛头寺僧与异僧的故事仍然在流传。巨诺（又写为矩诺）那尊者即异僧，他向牛头寺主持僧提供的遗珠信息，是主持僧善待异僧的一种福报。福田，佛教认为"田，生长之义。于应供养者而供养之，则能受诸种福报。犹如农夫播种田亩而有秋收之义也"。这就与通常所说的种瓜得瓜、种豆得豆的意思相通。

余寊还有一首诗镌刻在石笋峰石壁上：

> 洞古空湖海，岩高迫日月。
>
> 源泉飞玉处，天与一中岩。

"源泉飞玉处"，说的是中岩山另一处风景，即牛头洞旁的玉泉。黄庭坚写有《玉泉铭》，刻石立于泉旁。铭曰：

> 玉泉坎坎，来自重险。发源无渐，龙窟琬琰。
>
> 我行峡中，初酌蛙颔。龙湫百泉，莫与比甘。
>
> 山僧拙慧，煮饼羹糁。我以瀹茗，泉味不掩。
>
> 行为白虹，止为方鉴。失其明德，以勒苍厂。

黄庭坚（1045—1105），北宋诗人、书法家，字鲁直，号山谷道人、涪翁，江西分宁（今修水）人。从苏轼学，为苏门四学士之一。举进士，召为秘书省校书郎、《神宗实录》检讨官，迁著作郎。《神宗实录》完成后，擢起居舍人。后因得罪章惇、蔡卞，被贬至涪州（重庆涪陵），后又徙至戎州（四川宜宾）。黄庭坚什么时候到青神中岩寺？因什么事到中岩寺？据曹学佺《蜀中名胜记》："青神县尉雅安张礼（祉）介卿，乃山谷之中表。"《清一统志》："山谷以元符庚辰三年（1100）七月自戎州去青神省其姑，于七月二十一日解舟，八月十一日抵青神，十一月返戎。"从上述两条信息来看，黄庭坚于元符三年（1100）七月从戎州贬所到眉州青神县看望他的姑姑。他的老表张礼是青神县尉，姑姑跟随老表住在青神县尉衙门内。黄庭坚在青神逗留了三个多月，十一月才返戎。在青神期间，他多次游览中岩寺，尤其是对玉泉特别感兴趣，他认为泉水清冽，洁净甘甜。和尚只用泉水煮饭煮菜，太可惜了。他用泉水煎茶，泉水的甘甜之味不被茶味掩盖，因此泉水是煎茶的好水。于是他提笔写了《玉泉铭》，并让和尚将其刻于石碑上，立于玉泉的旁边。后来，和尚又在泉边修了九曲流杯池，一般人将其叫作太极池，让泉水在池中环绕流动。来中岩山游览的文人雅士，常坐在池边作流杯饮酒之乐。和尚将九曲流杯称为太极池，又请黄庭坚写"太极池"三字，刻于石壁之上。

明代青神人王一麟的《玉泉坎》诗写道：

岩窦落琼浆，岩悬诗雄峭。

掬饮腋生凉，细看声律巧。

千古石室幽，泉与诗争耀。

再有人知音，能协虞韶调。

王一麟，四川青神人，弘治十八年（1505）进士。授歙县令，补户部主事，升员外郎。晚年致仕家居，青神后进学者视其

▶玉泉流杯太极池——摄影杨正南

为典范，从其学者有很多。"岩窦落琼浆"是说泉水从岩洞中滴落下来，犹如琼浆玉液，这里指玉泉。"诗雄峭""声律巧"都是指黄庭坚的《玉泉铭》。"再有人知音，能协虞韶调"，如果有一个懂音乐的人，给这篇声律巧的铭配上古谱，一定能和虞帝时的音乐协调。

明代青神县令徐之麟的《景德寺》写道：

唤鱼池对翠微峰，池静鱼肥听唤多。

一钥石间开玉笋，三峰江上见青螺。

烟霞绕洞僧闲卧，岩水流杯客喜过。

我欲逃名挟清胜，虞廷高处有赓歌。

徐之麟，明代江西都昌人，字道亨，举人，嘉靖二十七年（1548）任青神县令。"岩水流杯客喜过"，玉泉泉水在九曲流杯池中流动，客人非常高兴地在池边玩起了流杯饮酒的游戏。"虞廷高处有赓歌"，源于《尚书·虞书·益稷》："乃赓载歌曰'元首明哉，股肱良哉，庶事康哉'。"皇帝是英明的，大臣们是良善的，有才能的，老百姓是安康祥和的。赓歌，即前首诗中的虞韶调。

清代乾隆年间（1736—1795），青神县令吴汝翼的《中岩三首》之三云：

石壁何嶙峋，清泉流不息。

为欲引流觞，凿池成太极。

这是专写玉泉太极池的，"太极池"三字也是黄庭坚写的。另一位青神县令王树枬则专门写了一首《访山谷遗迹》诗：

慈姥堂前记旧游，中岩山下系行舟。

竭来空访元符字，醉后时吟借景楼。

百日萍蓬羁客泪，千年风月暮江头。

诗人老去碑铭在，苔藓荒岩落日秋。

王树枬，清代山东新城（今淄博市桓台县）人，字晋卿，光绪丙戌（1886）科进士。光绪年间（1875—1908），奉宪檄以青神县令代任眉州太守，后擢升新疆布政使。在青神县令任上，廉明果决，长听讼，有风节。整修青神鸿化堰，功绩显著。工诗文，为士林所推崇。"元符字"即黄庭坚于元符三年（1100）到青神省亲，游中岩寺手书的《玉泉铭》和"太极池"刻石。"借景楼"，黄庭坚到达青神后，表弟、县尉张礼将衙署后院一楼修葺一新，请黄庭坚题楼匾，黄题匾曰"借景楼"，还题诗曰"当官借景未伤民，恰似凿池取明月"。"百日"是说黄庭坚以谪戍戎州（今四川宜宾）之身前来青神省亲，在青神逗留了百日。

第十四章　大雅堂

金石鸿篇风雅系　龙蛇妙笔鬼神窥

说到大雅堂，我们先来读一读黄庭坚的《大雅堂记》：

丹棱杨素翁，英伟人也。其在州闾乡党有侠气，不少假借人，然以礼义不以财力称长雄也。闻余欲尽书杜子美两川夔峡诸诗，刻石藏于蜀中好文喜事之家，素翁粲然向余请从事焉。又欲作高屋广楹庇此石，因请名焉。余名之曰"大雅堂"，而告之曰：由杜子美以来四百余年，斯文委地，文章之士，随世所能，杰出时辈，未有升子美之堂者，况室家之好耶！余尝欲随欣然会意处笺以数语，终以汩没世俗，初不暇给。虽然子美诗妙处乃在无意于文，夫无意而意已至，非广之以《国风》《雅》《颂》，深之以《离骚》《九歌》，安能咀嚼其意味，闯然入其门耶？故使后生辈自求之，则得之深矣；使后之登大雅堂者，能以余说而求之，则思过半矣。彼喜穿凿者，弃其大旨，取其发兴，于所遇林泉、人物、草木、鱼虫，以为物物皆有所托，如世间商度隐语者，则子美之诗委

地矣。素翁可并刻此于大雅堂中，后生可畏，安知无涣
然冰释于斯文者乎！元符三年九月涪翁书。

从黄庭坚的《大雅堂记》我们知道了大雅堂是眉州丹棱人杨素翁听说黄庭坚想把杜甫的两川夔峡诸诗书写一遍，于是从眉山乘船到戎州（今宜宾），拜见黄庭坚，并提出准备将黄庭坚所书写的杜诗带回丹棱，请人将其刻为碑，再修一座大房子，将石碑一块一块地竖立起来，并请黄庭坚为这座房子取一个名。黄庭坚将这座陈列杜诗碑刻的屋子取名为"大雅堂"，并为之写了《大雅堂记》。杨素翁带着黄庭坚的字回到了丹棱，在丹棱县城南三里远的地方，修了堂屋，并请工匠将黄庭坚所写的杜甫两川夔峡诗刻成碑，竖立在堂内。据资料载，杨素翁只刻了三百多块石碑，而杜甫的两川夔峡诗有一千多首。笔者猜想，有两种可能：一是黄庭坚可能只书写了三百多首杜诗；二是杨素翁只请人刻了三百多块，加之经济紧张，因此先考虑把堂建起来以后再补刻扩大。这两种猜想中，第二种的可能性更大。

▶丹棱大雅堂——摄影杨正南

　　《大雅堂记》的落款是"元符三年九月涪翁书"。上一章曾介绍过黄庭坚元符三年七月二十一日从戎州出发，八月十一日到达青神省亲，住在青神县尉张礼家。张礼的母亲是黄庭坚的姑妈，黄庭坚是到青神看望他的姑妈的，张礼自然就是黄庭坚的表弟了。黄庭坚十一月才离开青神，返回戎州。那么九月，黄庭坚就应住在青神了。黄庭坚写《大雅堂记》时，杨素翁的堂屋似乎还没有修成，或者说还没有竣工，因记中云"又欲作高屋广楹庇此石"，如果已经修好了，就不会是"欲作"了。欲作就是想干的意思，想干，就是有计划。杨素翁肯定知道黄庭坚到青神来了，于是赶到青神，一是看望黄庭坚，二是想请黄庭庭坚去丹棱走一趟。没有任何文字资料显示黄庭坚去过丹棱。实际上这个时候黄庭坚还是以罪人之身谪居戎州，他到青神省亲，需要向戎州主官请假，而且只能到省亲目的地，其他州县是不能去的。准许谪居的罪人到其他地方省亲，已经是法外施恩了，主官还要冒极大的风险。因此，笔者认为黄庭坚的《大雅堂记》是在青神写的。

　　在写《大雅堂记》之前，黄庭坚还写有一篇序，是在书写两川夔峡诗时写的。原文如下：

　　　　自予谪居黔州，欲属一奇士而有力者，尽刻杜子美东西川及夔州诗，使大雅之音久湮没而复盈三巴之耳。而目前所见，碌碌不能办事，以故未尝发于口。丹棱杨素翁挐扁舟，蹴犍为，略凌云，下郁邬，访余于戎州。闻之，欣然请攻坚石，募善工，约以丹棱之麦三食新而毕，作堂以宇之……此西川之盛事，亦使来世知素翁真磊落人也。

这篇序应该是在戎州写的，是在杨素翁从眉州丹棱到戎州拜访黄庭坚，说他愿意出钱请人刻杜甫的两川夔峡诗，不仅出钱刻碑，还要修一个大的房子来陈列这些碑时写的。杨素翁还向黄庭坚承诺，"以丹棱之麦三食新而毕"，也就是说等丹棱的麦子吃三次新麦就宣告成功，说简单点就是约定以三年为期。

黄庭坚还写了一首五言长诗——《大雅堂》：

少陵何人斯，日似司马迁。

太史牛马走，于此何有焉。

蕃者蕃不理，知言超言前。

政如春在花，春岂必丑妍。

又如发清弹，意岂必在弦。

悠悠云出山，滔滔水行川。

云水山川行，莫测何能然。

不知其谁知，软语黄庭坚。

庭坚语弗软，壮折沧溟颠。

尽写剑硖诗，不数金薤篇。

密付草玄后，夜光寒烛天。

扁作大雅堂，醉墨犹明鲜。

至今百岁后，此意惟心传。

炎宋诸王孙，传癖不复痊。

闭户阅宗派，尚友清社贤。

吕韩俨前列，芳蜡然金建。

三洪偕二谢，病可携瘦权。

夺胎换骨法，妙处尤拳拳。

疏越正始音，细取麟角煎。

亦有老斫轮，堂下时蹁跹。

这首诗从杜甫是什么样的人这一设问开始，然后自己回答像司马迁。司马迁是写《史记》的，是史学家，杜甫像司马迁，则是说杜甫的诗犹如史诗。还说他要"尽写剑铗诗"，"扁作大雅堂，醉墨犹明鲜"。

大雅堂修建在丹棱城南三里远的高庙沟处。大雅堂修好之后，受到了广大文学爱好者的青睐，他们纷纷前来大雅堂读杜诗，欣赏和学习黄庭坚的书法艺术。简单地说，它直接影响了南宋、元、明的丹棱读书人，比如著名史学家李焘父子。明弘治时，巡按御史荣华重新维修祠宇，并画像刻碑，丹棱知县江谦率绅士前往祭祀。后来这个祭祀活动成了惯例。明代末年，大雅堂和祠宇都毁于战火，堂内的三百多通杜诗黄字碑全部毁掉或散失，真正成了"杜诗委地"了。

我们还是来读《大雅遗音》这首诗吧：

素翁旧住丹棱县，太史书贻白帝诗。
金石鸿篇风雅系，龙蛇如笔鬼神窥。
罔樱党禁悲元祐，醉指儿曹认挺之。
此地两公称合璧，可怜劫火剩余灰。

作者帅念祖是清代丹棱人，生平不详。"白帝诗"是指杜甫的夔峡诗。"金石鸿篇风雅系"是说石碑上刻的杜甫的诗都有《诗经》的精神和艺术传承。"龙蛇妙笔鬼神窥"，是说黄庭坚的书法艺术惊天地、泣鬼神。"罔樱党禁悲元祐"，是指发生在宋徽宗时的"元祐党人案"，当时朝廷一帮人对元祐时期的一百二十名执政官员加重了惩处，把他们纳入党人案中。朝廷规定，这些人在世的要剥夺所有官职，死了的要剥夺所有封号。这些人的

▶ 大雅堂陈列室——摄影叶斌

子孙不得在京城做官，不得与京官们的子孙通婚。后又搞斗争扩大化，将人数增加到三百零九人。宰相蔡京亲笔书写"元祐党籍"碑，立碑于午门，昭告天下，并令各州县均要立碑，目的是想告诉天下，这些人在元祐时期是祸国殃民的。立碑不久，一天晚上，天上掉下一块石头，不偏不倚，正好砸在午门外面的元祐党籍碑上，将碑砸得粉碎。道君皇帝宋徽宗以为是上天震怒，这碑上不合天意，下不顺民情，诏令全国各州县毁碑。毁碑后的九十三年，一位入了元祐党人案的后人为了明事实、辨是非、讲公道，在广西龙隐山月牙岩重竖了一通元祐党籍碑，所用仍然是蔡京的笔迹。在最初的一百二十人中，就有苏轼、苏辙、黄庭坚。所以，诗人说元祐党禁是一件十分可悲的事情。"此地两公称合

璧"，是说大雅堂内的三百余通杜甫诗黄庭坚字碑，堪称合璧，但可惜的是现在只剩下一堆余灰。

清代丹棱著名文人彭端淑对大雅堂有一个题词：

少陵客夔州，高吟追正始。

千载得涪翁，一变西昆体。

往迹已沦亡，闻风思兴起。

"正始"，这里是指正始体。三国魏正始年间（240—249），嵇康、阮籍等人的诗，诗风飘逸，诗旨清远，被称为正始文风。"西昆体"是北宋初期出现的一个诗歌流派，主要表现在诗歌方面。特别是专门从形式上模仿唐代李商隐，追求辞藻，堆砌典故。代表诗人有杨亿、刘筠、钱惟演等。因他们经常在一起互相唱和，所得诗编成了《西昆酬唱集》，故被称为西昆体。

彭端淑，丹棱人，字乐斋，雍正十一年（1733）进士，由吏部郎中出任肇罗道，寻归。独肆力于古文辞，其诗文成就很高，后主讲锦江书院，名重一时，与张问陶、李调元共称"蜀中三才子"。有《白鹤堂诗文集》传世。其中《为学》一文曾广为流传。

另外，无名氏的《大雅堂遗址怀古》也值得一读：

大雅堂倾久，遗音尚在兹。

三巴盈耳目，千载感怀时。

雨过江山丽，春来花鸟悲。

少陵如可作，吾与再论诗。

看来诗人是清代人，他所看到的只是大雅堂遗址，但仿佛觉得杜甫吟诗的声音还在，黄庭坚诵读《大雅堂记》的声音还在。"三巴盈耳目"即前面提到的黄庭坚书写杜甫夔峡诗时写的序中说的"使大雅之音久湮没而复盈三巴之耳"，大雅之音已经湮没很久了，刻杜甫的夔峡诗的目的，就是要使大雅之音在三巴地区重新唱起来，使三巴地区的老百姓听到的都是大雅之音。诗人觉得还不够，还应让老百姓看得见传承大雅之音的诗文。

现在的大雅堂修建在丹棱城外的笔架山上。2011 年，丹棱县委、县政府应文化强国的号召，顺应民众弘扬大雅文化的呼声，做出了重修大雅堂的决定，大雅堂于 2011 年 8 月动工，2014 年 1 月 25 日建成开放。大雅堂坐落在大雅公园内，占地面积 60 亩，其中核心区占地 23 亩，建筑面积 3500 平方米。内设一主殿和八大展厅。将传统艺术与现代光电艺术相结合，展现了杜甫的诗、黄庭坚的书法、杨素翁的义举，再现了千年大雅堂诗书文化的精髓。

第十五章　龙鹄山

犹有山中旧麋鹿　举头如听读书声

　　龙鹄山，在丹棱城北十五里的地方，又名龙鹤山，东至大坪山，西至苏家扁，南接谌湾，北至插旗山。这里是南宋史学家李焘的故里。因李焘父子的关系，龙鹄山成了培育文人、旅游朝圣的重要场所和旅游目的地。龙鹄山有唐《松柏之铭》碑、巽崖书屋、雁湖等文物古迹。其东面不远处，就是苏东坡青年时手书"连鳌山"三个大字的地方。但很遗憾，到目前为止，龙鹄山还未进行像样的开发，所以，至今外人知之甚少。

　　我们先来读宋代李壁的《巽崖凭吊》：

<blockquote>
萧条百日闭崖扃，留得游人万古情。
犹有山中旧麋鹿，举头如听读书声。
</blockquote>

　　"巽崖书屋"是南宋史学家李焘青少年时读书的地方，书屋的房舍已不存，只剩下"巽崖书屋"四个大字镌刻在岩石上。李焘（1115—1184），南宋史学家，字仁甫，一字子真，号巽岩，眉州丹棱人，绍兴进士。初任川中地方官多年，孝宗乾道三年（1167）任兵部员外郎。以后历任州县及朝廷官职，以主持修史

▶ 巽崖书屋刻石

工作最为长久。他熟悉典故，用四十年时间撰成《续资治通鉴长编》九百八十卷，对保存北宋一代史料有较大的贡献。李壁是李焘的儿子。他来巽崖凭吊父亲读书的地方，见到的是一派萧条的景象。父亲离开巽崖时，李壁及其弟弟等还在这里读书，可能是一家人要离开老家了，所以将书屋关闭了。书屋才关闭一百天，再来看时就一派萧条景象，只留下了来凭吊和参观的游人对"巽崖书屋"的万古情思。还有山中的麋鹿，抬头凝视远方，好像在听他们父子在这里的读书声。

我们再来读一首无名氏的《游巽崖》：

> 龙鹄山前过，青苔喜正晴。
>
> 忽闻流水响，如听读书声。
>
> 芸草春还绿，啼猿夜不惊。
>
> 前修谁复继，吟罢不胜情。

诗人从龙鹄山前走过，正好是晴天，忽然听到山溪流水响动，就如听到了李焘父子的读书声。前人在这里读书，已经修成了正果，之后有谁来继承呢？

另外，彭端淑《题巽崖书屋》云：

> 文简善著书，筑室巽山下。
>
> 精心四十年，遗编等班马。
>
> 赤壁垂琳琅，谁为后来者。

文简，是指李焘。累官至同修国史、实录院同修撰、秘书郎兼检讨官，以敷文阁学士致仕，谥文简。李焘以名节学术知名于海内。《续资治通鉴长编》一书，耗费了他四十年的精力。其著作还有《易学》《春秋学》《六朝通鉴博议》《说文解字五音韵谱》等，所以诗人说他"善著书"。"遗编等班马"，是说他的《续资治通鉴长编》等同于班固的《汉书》、司马迁的《史记》和司马光的《资治通鉴》。

也许有人会问本书编纂者为何要用一章来写龙鹄山，毕竟龙鹄山不是眉山市非常有名的文化文物景点。笔者不妨告诉大家，这是因为苏轼青少年时期曾来连鳌山下的栖云寺读过书，听当时栖云寺的惟简大师讲过佛经和佛学理论，不仅在连鳌山半山坡上题写了被曹学佺称之为"大如屋宇，雄劲飞动"的"连鳌山"三个大字，还游览了龙鹄山，登上了龙鹄山上的朝阳阁，写了一首《登朝阳阁》的诗：

> 月落星稀露气香，烟销日出晓光凉。
>
> 天东扶木三千丈，一片丹心似许长。

这首诗未载入《苏轼诗集》，其他版本也未载入，只存在于《丹棱县志》龙鹄山条目下的古迹"朝阳阁"条目下。记得三十多年前，笔者曾就这首诗写过一篇题为《苏轼的一首佚诗》的文章，发表在《眉山文艺》和《四川文物》杂志上。笔者认为这首诗应该是苏轼青少年时写的，因为苏轼青少年时期曾在连鳌山附近的栖云寺游学过一段时间。栖云寺离龙鹄山不远，半天足可以打个来回。写诗也就很有可能了，虽然诗还显得稚嫩，但这正好是初写诗者的特点。至于《丹棱县志》的编纂者从哪里得到这首诗，又如何甄别而写入县志，这些情况就不得而知了。

说了苏轼的诗，我们再来读关于雁湖的诗，先读李焘的《雁湖梅》：

镜田千顷阔，攸眉一带横。
湖深有龙蛰，山静少人行。
似与长仙约，都忘世俗情。
鸟啼猿叫歇，轩乐有余清。

▶ 雁湖——摄影叶斌

雁湖在龙鹄山下，俗名金鸭塘。李焘在写《雁湖梅》这首诗时，雁湖还不是很大。后来，他的儿子李壁将其扩大至四十亩，形成了名副其实的湖。湖宽水深，常有大雁、野鸭聚集，因而得名。湖四周花木茂盛，其中梅花最多，李焘的雁湖梅即指此。

又，李焘还写过一首《洞庭》的诗：

> 镜面千顷阔，修眉一带横。
>
> 湖深有龙蛰，山静少人行。
>
> 似与真仙约，都无世俗情。
>
> 鸟啼猿叫歇，轩乐有余声。

《雁梅湖》看似与此诗为同一首诗，但《丹棱县志》所载的《雁湖梅》是经过县志编修者审慎地甄别过的，所以一并录于此，请专家与学者评阅。清代丹棱知县毛震寿曾题"雁湖渔火"四字，刻于湖畔岩石上。

宋人魏了翁也有一首《续和李参政湖上杂咏》的诗：

> 阴阳互推移，气数有信屈。
>
> 涧松发贞姿，庭梅晔生色。
>
> 虽无桃李容，桓桓保终吉。

诗人赞美了梅花的高洁、松树的端直。

清代丹棱县令毛震寿写了一首《游雁湖》的诗：

> 云开雁落雨初停，篝火参差渡远汀。
>
> 两岸芦花渔父笛，声声吹落半湖星。

这首诗清新明快，雁湖风景美，其意境更美。笔者多年前曾去过雁湖，雁湖给笔者的印象是湖面似乎缩小了不少，笔者也没感觉到雁湖有如此美景，更没有体会到雁湖会有如此的意境，雁湖给笔者的感觉就两个字"荒凉"。

▶龙涎洞——摄影叶斌

　　下面来说一说龙涎洞吧。龙涎洞位于龙鹄山的半山腰，洞是唐天宝时女道士成无为修炼的地方。洞今犹存，旁有石梯三百余级，一条羊肠小道通至其平坦处。岩洞旁有道教摩崖造像八十九龛，其中间位置，有一较深的石窟，内有唐碑一通，即著名的《松柏之铭》碑。我们先来读一读《松柏之铭》碑：

龙鹄山成炼师植松柏碑

师学文　杨玲书

　　昔丁令威之成道也，顿别千年；王子晋之升仙焉，俄期十日。或乘龙驭鹤，澄神汗漫之乡；或驾景凌虚，散彩蓬瀛之曲。乍千变以万化，时出有而入无，灭没波水之中，逍遥烟火之上，既吐蜂而唾獭，亦起死而肉骸。是知学仙者若牛毛，得道者如麟角，系风捕影，不亦难乎？曲非宝相应图，宿命会道者，则畴能预于是

哉。粤若龙鹄山观隐人女道士成无为，通义郡丹棱县人也。尔其调形炼骨，欲粒茹芝，桃夭之年，已翱翔乎凤篆，葛覃之日，备涉猎于龙章。三洞十部之尊经，包吞胸臆；赤书玉文之秘决，靡不兼该。用能志迈恭姜，誓死不嫁，情敦和道，幼而出家。睹舟台之变身，透波心而不怖；闻圭音之感凤，想云路之高骞。寻仙未果之间，乃建置祠宇，剃草开室，因高筑宫，亦犹汉武之望仙祈年也。尊容湛其金色，灵卫纠其四绕，流水周于舍下，翠柏满于山头。接果艺竹，弥岗蔽野，凡万有余株。每竭日而不倦，常持斋念诵，忏洗罪痕，咒动南箕，符回北斗，玉书纪字，金简题名，兼披阅秘囊，以祈度代。观其形迹，察其所由，斯可谓真人不疑矣。仙师年逾知命，而有少容，状如廿许童子，盖还丹却老之力也。无营无欲，恒以功德为先，不滥不贪，持以长生为务。至于级引四辈，救济群生，爱泊官寮，望祀山岳，虽黄冠男子，莫能胜也。尝恐化度之后，贪暴之徒，堕其祠堂，剪其树木，是用书情翰墨，誓彼凶罳。倘有此流，原明神殛，千端不利，举事多凶。仆以谀才，薄娴书记，词不获命，草其状云：

> 龙鹄山兮秀崇丘，岗隐轸兮城郭周。
>
> 小有洞兮念真游，观曲水兮绕舍流。
>
> 谒圣容兮仙是求，何年代兮逢若士，
>
> 何日夕兮见浮丘。愿吾师兮道心固，
>
> 俾松柏兮千岁留。

天宝九载岁次庚寅四月十三日建

整篇文章都是述说道士成无为修道、经营祠宇、栽种花木的事情。成无为，唐代丹棱人，生卒年不详，史书无载。她的故事主要来源于杜光庭的《道教灵验记》和《松柏之铭》碑。唐宋时期，大一统国家为了巩固统治，由皇帝下诏提倡道教，而且身体力行——建道观，赐封号，于是道教有了很大的发展。道教兴盛，便出现了一批高道，男道士有，女道士也有。眉山张远霄、成无为、杨正见都是当时著名的道士，后来被民众神化成仙。

　　"松柏之铭"四字为秦篆，碑文则用隶书八分体书写。"字体筋骨紧密，严整平稳，端庄秀丽；行笔则刚柔兼备，浑厚遒劲。"

　　此碑1991年4月被四川省人民政府列为省级重点文物保护单位。

▶松柏之铭碑窟——摄影杨宇

据杜光庭的《道教灵验记》和曹学佺的《蜀中名胜记》记载，唐时龙鹄山建有三宫九观，乃成无为、杨正见、李炼师修道处，今均不存。杜光庭还写了一首《题龙鹄山》的诗：

> 抽得闲身伴瘦筇，乱敲青碧唤蛟龙。
> 道人扫径收松子，缺月初圆天柱峰。

杜光庭（850—933），唐末五代道士，道教学者，也是唐朝诗人。公元881年，杜光庭随僖宗入蜀，见唐祚衰微，便留蜀不返。王建建前蜀，任他为光禄大夫、尚书、户部侍郎、上柱国蔡国公，赐号"广成先生"。王衍继位后，亲在苑中受道箓，以杜光庭为"传真天师"、崇真馆大学士。

还是来读一读后人对龙涎洞的赞颂吧，先读李钖的《金紫岩》：

> 百尺云岩道院边，晓钟疏声思悠然。
> 荷间酌酒和清露，石上题诗染翠烟。
> 半岭泉鸣通古洞，数家秋尽隔寒川。
> 西风似欲吹人起，去逐骑鲸汗漫仙。

李钖，宋代丹棱人，生平不详。看来诗人看到的龙涎洞前道院还在，道院内的钟声还在敲响，道士们的生活还悠然自得，道院周围的风景还算优美。

再来读一首明代人陈琨的诗。陈琨生平及籍贯都不清楚，诗还写得不错：

> 望入岩烟古径斜，遗踪旧是炼师家。
> 绿盘碧草垂春带，崒顶丹枫长性花。
> 楼阁半倚苍树暝，碑镌尽是乱云遮。
> 何当百世年湮远，重鼎嵯峨焕九华。

▶道院旁书院遗址——摄影杨宇

　　看来诗人看到的道院已经倾圮，只留下了修仙炼道的踪迹和镌刻在岩石和石碑上的诗文。"碑镌尽是乱云遮"是说石碑和岩石上的题刻长满苔藓，无人清理，形成黑云式的斑点，一团一团地遮着石碑和岩石上的文字。

　　龙鹄山有深厚的文化底蕴，但需要深度的开发和宣传。

第十六章　瓦屋山

瓦屋寒堆春后雪　水自祥牁裂地来

　　这两句诗，一句选自苏轼的诗，一句选自陆游的诗，都是在赞美瓦屋山有特色的美景。瓦屋山是瓦屋山国家森林公园的核心景区，是中国历史文化名山、道教发源地、中国鸽子花的故乡、世界杜鹃花的王国，在眉山市洪雅县西一百二十里，地处洪雅与雅安市荥经县的分界处。瓦屋山道教文化源远流长，为道教创教、发源之地。春秋末，老君西行到位于瓦屋山的青羌之祀访道隐居。汉末，张道陵到山下易俗传道创教，留下《张道陵碑》，创"五斗米教"。《华阳国志》载："汉末，沛国张陵学道于蜀鹤鸣山，造作道书……限出五斗米，故世谓之'米道'。"元末明初，张三丰到瓦屋山修行，创"屋山派"，瓦屋山被明王朝诬为"妖山"，予以封禁。然而，上山的游人仍然络绎不绝，瓦屋山与峨眉山相互媲美，被称为姊妹山。远古青羌文化尚存，在西周末年，瓦屋山就得到了开发。据说，古蜀国首位称王的人蚕从青衣神就葬在瓦屋山，古羌人修建了规模巨大的庙堂"川主""圣德""薄山""遗福""万安"等，祀青衣神，这就是有名的

"青羌之祀"。

瓦屋山因山形似一座瓦房而得名，从任何角度望去，此山整体上都状若瓦屋。山顶基本是平坦的，是一个硕大的平台，约11平方公里，平均海拔2830米。瓦屋山被有关地质学家认定为中国最高、最大的"方山"和"桌山"。何绍基称之为"坦荡高原"，一般人又把它说成是"人间天台"。民间传说，当年老子骑青牛入蜀，走到一个叫炳灵的地方时，阴云密布。忽然间，云开雾散，老子被眼前奇特的景象震撼，情不自禁地脱口而出："哇，唔，山!"老子惊叹此山之灵气，说："老子寻你久矣，原来你在这里!"老子从此定居此山，潜心修炼，得道升天。后来，人们就取其谐音，叫此山"瓦屋山"。

瓦屋山，又有人叫它蜀山，也是亚洲最大、中国最美的桌山，被英国植物学家、探险家威尔逊誉为"云霭之上一个巨大的诺亚方舟"。

▶ 远眺瓦屋山——摄影杨正南

我们先来读苏轼的《寄黎眉州》：

> 胶西高处望西川，应在孤云落照边。
>
> 瓦屋寒堆春后雪，峨眉翠扫雨余天。
>
> 治经方笑春秋学，好士今无六一贤。
>
> 且待渊明赋归去，共将诗酒趁流年。

这首诗是苏轼在山东密州任太守时，写给在眉州任太守的黎希声的。黎眉州，名锝，字希声，渠江（今四川广安）人，经学名家。黎锝是苏洵的好朋友，与苏轼有交往。宋神宗熙宁八年（1075）出知眉州，故称黎眉州。此诗写于熙宁九年（1076）。诗人站在胶西的高岗上，遥望自己的家乡西川眉山，应该是在太阳落下去的地方吧。那地方怎么样呢？挑两个最有特色的来说吧，第一个就是"瓦屋寒堆春后雪"，瓦屋山高耸入云，山上寒冷，立春之后还堆着厚厚的积雪。峨眉山比瓦屋山还高，但它没有瓦屋山春后积雪的风景。第二个就是"峨眉翠扫雨余天"，峨眉山也有它自己的特色，无论是远观还是近看，它都是葱翠碧绿的，像一把翠绿色的扫帚，把天空扫得碧蓝碧蓝的。诗的其他内容因与瓦屋山没有多大关系，这里就不说了。

再来读一首陆游写的有关瓦屋山的诗：

> 只道文书拨不开，未妨高处独徘徊。
>
> 山横瓦屋披云出，水自牂柯裂地来。
>
> 暝入帘阴吹细雨，凉生楼角转轻雷。
>
> 痴顽也拟忘乡国，不奈城头暮角哀。

陆游这首诗题目是《再赋荔枝楼》，荔枝楼在什么地方呢？我们再来读一读他的另一首诗《登荔枝楼》：

> 平羌江水接天流，凉入帘栊已似秋。

唤作主人元是客，知非吾土强登楼。

闲凭曲槛常忘去，欲下危楼更小留。

公事无多厨酿美，此身不负负嘉州。

从这首诗看来，诗人登楼能望见平羌江水，能望到瓦屋山，荔枝楼应该在嘉州（今乐山）。陆游送范成大出川，在青神中岩寺分别时，范成大曾告诉他，叫他耐心等待，说朝廷对他的任命很快就会到。陆游回到成都不久，果然朝廷的任命书来了，但没有任命他为嘉州太守，只任命他"倅嘉州"，即代理嘉州太守。他虽然心有不甘，但王命难违，只好赴任。"唤作主人元是客，知非吾土强登楼"，陆游似乎是陪客人登荔枝楼，客人称他是主人，因为他是嘉州太守，是主人，但他很清楚，自己本身也是客，因为自己客居嘉州。脚下的土地属自己所管，但不是自己的，属于强行登上荔枝楼。空闲时在楼上凭栏远眺，时常忘记归去，有时想下楼了，又不舍地小留一会儿。当个嘉州倅公事不多，但厨师的手艺还不错。他在嘉州有吃有喝，有楼可登，已经

▶兰溪冰瀑——摄影杨正南

不负此生了，但可惜负嘉州。可见荔枝楼在嘉州城内，而城内既能望见峨眉山、瓦屋山和平羌三峡的地方，我估计就只有老霄顶那个地方了。其他能望见这三个地方的山峰，诸如凌云山、乌尤山、九顶山均不在城内，离州衙也太远，陆游登的荔枝楼不可能建在远离州衙的地方。

《再赋荔枝楼》与《登荔枝楼》诗意是相接相连的。诗一开头就说原以为嘉州倅的公务会繁多，会公文缠身挪不开身子，但实际上并不妨碍诗人独处高楼，在高楼上徘徊消遣。站在高楼上望见瓦屋山，"山横瓦屋披云出"，瓦屋山横亘在眉山和乐山西边，山像瓦屋，将成语"横空出世"改为"横空出云"来形容瓦屋山最为恰当。陆游的"披云出"，应该就是横空出云的意思。"水自牂牁裂地来"，看来陆游是上过瓦屋山的。瓦屋山山高水长，这个亚洲最大的桌山上，具有极丰富的水资源，据统计有八十多个泉眼，在山周围形成大小七十二条瀑布，其中以兰溪瀑布最为壮观，瀑布总高 1055 米。陆游的诗说瓦屋山顶的水都是从山顶的石缝中流出来的，是地面裂开后从地下冒出来的。可见陆游是上过瓦屋山的，也认真观察过瓦屋山顶泉水的由来。

瓦屋山顶上除了一大片原始森林，还有漫山遍野的箭竹，另外还有众多的旅游景点，诸如兰溪瀑布的垂落处、象耳寺（现为象耳山庄）、鸳鸯池、迷魂凼、光相寺等。我们先来读一首何绍基的《题鸳鸯池》诗：

法界鸳鸯飞上天，长桥终古卧波眠。

高原坦荡无人迹，烟雨寒多不可田。

鸳鸯池边不远处有一座道观，早已倾圮，叫什么名字也不可考。笔者记得二十多年前第二次陪客人上瓦屋山时，还见洪雅县

▶ 鸳鸯池——摄影杨正南

的文物工作者从道观的废墟中找到了一尊木雕的老子像，据说是宋代的作品。鸳鸯池面积比较大，整个湿地有数十亩。与其说它是池，还不如说它是一片沼泽地，池上用山上的木头搭了一座长桥，游人只能从木桥上走，否则就有可能陷入泥潭。何绍基看到了鸳鸯池，还走过池上的长桥。他突发奇想，认为是法界的鸳鸯飞上了天，落在了瓦屋山山顶之上，形成了鸳鸯池。瓦屋山上是一个坦坦荡荡的高原，除了固定的游览路线，其他地方都没有人走过的痕迹，或者说是人迹罕至。山上很多时候都烟雨蒙蒙，比较寒冷，虽然平坦又有水，但还是不能作为种庄稼的田。

再读一首何绍基《题光相寺睹光台》的诗：

须臾白雾起，如绵复如烟。

溶作一天云，匿尽千重嶂。

光相寺是瓦屋山上唯一保存下来的一座寺庙，光相寺的睹光台与峨眉山金顶的摄身岩（一说舍身岩）一样，是瓦屋山上观日

出、看云海、浴佛光的最佳地点。最奇特的是你如果运气好，可以在这里同时看到三个太阳。有人说只要你看到三个太阳，你就会好运连连。何绍基的诗是说他看见了雾气的变化，先是雾气，而后变成了云海，最后变成了漫天的云气，所有的山峰都隐匿不见了。看来何绍基这次上山，只看见了雾气和云海，没有见到日出，没有见到佛光，更没有见到三个太阳。

好了，我们现在来读邵捷春的《瓦屋山顶》诗：

瓦屋孤高并大峨，盘旋竟日蚁圆磨。
也愁佛寺千层险，其奈神光万丈何。
百岁苾蒭迎客少，四时风景似冬多。
翻身已在星辰上，不许狂吟拍板歌。

邵捷春，明代人，曾任四川右参政，其余信息不可知。诗人

▶瓦屋山光相寺——摄影杨正南

写了瓦屋山高耸入云，和峨眉山一样，上山要盘旋而上，就像蚂蚁爬磨子一样，需要一天的时间才能从山脚爬上山顶。等到爬上山顶，人已经置身于星辰之上，在瓦屋山顶上是不允许大声呼喊和大声歌唱的。当地人说，在瓦屋山顶不能高声喧哗，如高声喧哗，天上就要掉雪蛋子（冰雹）。

在旧《洪雅县志》上还记载了眉州人祝之至的一组《瓦屋八景诗》：

龙吟春雨

昨夜春归过画桥，龙吟滩上水潇潇。

江风吹乱催花雨，岭吐岩红一点娇。

虎啸秋桥

瀑水吞风助啸声，多时冷翠护幽情。

闲来桥上挨秋色，会遇仙墩壑底生。

瓦雪横空

半壁空明镜里天，数行横挂水晶帘。

霜风几阵吹难动，剩有寒光落枝前。

眉烟点翠

空中紫嶂片烟时，忽泛湖光绕四维。

独有尖峰遮不遍，白云拥出青琉璃。

金釜灵泉

仙坛紫气满岩前，疑是金丹釜里烟。

客至唯余山鸟唤，声声脆响湿池边。

临江晚渡

晚荡寒波两岸风，归人唤渡影匆匆。

斜阳落照潭心赤，水面鱼鳞一片红。

蘋洲漾月

白蘋分碎冷蟾光，草色江声一味凉。

秋夜月明鸾影复，芦花吐蕊雪生香。

八面晴岚

秀色参天碧玉横，闲云占尽庾楼清。

谁知岩畔轻飙起，宝带腰缠活水晶。

县志上的题目是《瓦屋山八景》，但认真读过之后觉得其中至少有一半的诗与瓦屋山无关，应该是洪雅八景还比较合适。明代成化年间（1465—1487），各州县都奉命写有八景诗，以歌颂各州县的景色之美，以表明国家政通人和，人民安居乐业。在这八首诗中，笔者认为写瓦屋山的有《虎啸秋桥》《瓦雪横空》《眉烟点翠》《八面晴岚》四首。第一首是说瀑布和着风声跌落到水潭中，助长了虎啸之声。很多时候山林幽静，被冷艳的翠绿色掩护着，空闲时到这溪桥上看秋色，一定会遇到仙乐从沟壑中传出来。第二首是说瓦屋山像一面巨大的石壁遮挡了半边天，只剩下半边天空，像镜里看到的天空一样。到了冬天，山上的泉水都冰冻了，山崖上挂满了水晶一样的冰凌，像帘布一样。阵阵霜风劲吹，但很难吹动这些水晶帘。"瓦雪"是苏东坡"瓦屋寒堆春后雪"的简用，说明瓦屋山冬季特别长，特别严寒。第三首是说瓦屋山这座空中屏障，先前还像一片云雾一样飘过，忽然之间四周云雾簇拥，像湖上波涛一样奔涌，只留下一个尖峰没有被遮挡。不久后云开雾散，大自然又神奇地将一座青翠琉璃的瓦屋呈现在我们的眼前。第四首是说瓦屋山像一块参天的碧玉横亘在人们的面前，瓦屋里面堆谷物的楼房被白云挤满了，谁知山岩旁一阵疾风起，整个山腰都缠满水晶带。祝之至，明代眉州人，曾任弥勒（今云南弥勒市）知州，余皆不详。

当代人把瓦屋山称为天然氧吧、康养中心。瓦屋山有一句宣传口号——"要想身体好，常往瓦山跑"，不管这口号如何，但瓦屋山的确是休闲、避暑、养生的好地方。

再读一首张象狮的《登瓦屋山》诗：

带雨入荒寺，松涛一殿清。

枯灯寒古佛，残叶落危楼。

法界犹灰劫，吾生真浪浮。

烟云能护枕，且梦辟支游。

诗人冒雨登上瓦屋山，见山上庙宇破败，香火稀少，一片荒凉，产生了浮生一梦的情绪。

再读一首清代洪雅人祝廞写的《瓦屋春游》诗：

雨洗春山碧，登临马逐烟。

高歌余雪在，暗室一灯传。

鸟唤枝头佛，人游镜里天。

桥光乘曙发，霞彩焕天边。

诗人在春雨之后游瓦屋山，看到了瓦屋山全山碧绿，看到了瓦屋山的余雪还在，听到了雀鸟在枝头鸣唱，仿佛置身于镜里一

样。苏东坡曾说过，"瓦屋寒堆春后雪"，诗人高歌余雪在，实际上是看到了苏东坡的"春后雪"而高声欢呼。"镜里天"源自祝之至的"半壁空明镜里天"。

近读《贺文诗词集》，见有两首写瓦屋山的《渔家傲》词，现录于后，以飨读者：

> 闻道瓦屋山景异，驱车乘缆如风去。
> 一到忽听惊叹起，平顶里，赫然巨木无边立。
> 雪伴杜鹃相艳丽，白云红日依潭际。
> 千丈瀑虹添嶂趣，心更喜，小楼隐现群峦底。
>
> 雪压瓦屋山景异，冬妆老树皆童趣。
> 滴水依岩凝剑器，寒风里，杉枝脆断声声起。
> 池冷鸳鸯悄无语，绿荫潭冻浮冰玉。
> 象耳庄前霜满地，欣看取，瀑虹暖意飞天际。

贺文，字斯明，四川遂宁人，眉山市人大常委会原主任。自幼喜欢诵读中国古典诗词，多次反复诵读《唐宋名家词选》和《唐诗三百首》。在遂宁工作时，受到乡贤陈子昂和张船山的影响，到眉山工作后，又受到"三苏"特别是苏东坡文化的熏陶，开始了古典诗词的创作。2012年出版了第一本《贺文诗词集》，以后常有作品发表在《眉山日报》和网络上。以上两首词，一是写瓦屋山的暮春景色，一是写瓦屋山的冬天韵味。皆意趣盎然，富有生机。

总之，瓦屋山是神奇的、美丽的，是令人向往的。

第十七章　彭祖山

猖狂战国古神仙　曳尾泥涂老更安

彭祖山位于彭山区江口镇，初名彭蒙山，后因彭祖亡于此，故又称彭亡山。东汉建武十一年（35），岑彭伐公孙述宿营于此而遇刺，事后此山又改称彭望山。又因彭祖之女在彭祖墓旁修房守墓而尽孝，故此山又称仙女山。

彭祖山孤峰耸立，众山环抱，海拔 610 米。峰上茶林滴翠，重岩叠嶂，雾笼霭绕，悬崖峭壁林立。登临远眺，两江如带奔来山下，千里平畴一收眼底，令人心旷神怡。

主峰上有慧光寺，寺左侧有仙女洞，传为彭祖之女的炼丹之所。半山有长寿老人彭祖墓，墓下侧有彭祖寺和壁山寺。明代按察使、浮梁进士李牧曾写《游彭山记》：

> 予泛舟诣江口，东岸山列如眉，询之，则彭山也。商大夫铿墓于峰下。予有吊古僻，登岸数步，渐入谷口，比间成市。层磴递进，群岫如环，中列三峰，中峰石碣，题商大贤墓。南峰接连，屹为左翼。北峰高耸，乃中峰后山也。松柏荟郁，蹊路草封，摩肩蹑顶，豁然

大观，三面回抱，若护中峰。而中峰反俯视焉，环中而立，兀然若坐，嵬然若临。地舆所谓众山皆高，卑者为尊是也。眺而望之，周山如城，面江如带。两水交合，如练如银，日出朝岚，如烟如雾。夕晖晚照，霞光落水，如绚如锦。变幻万态，与山争容。……极顶左岩，有龙洞焉，半是天成，杂以人功，巉峭万仞，迫莫敢视。竹树荪萝，蓬生其上，遥映红光，洒然欲仙，此彭山第一奇观。惜无阁于其上者，大都与牛首中岩称双璧焉。然山奇矣，水奇矣，不得名人终非大奇。山不在高，有仙则灵。山得彭则山灵，彭得山则彭灵，水得彭则水亦灵，岂天故劈此绝胜恣游人登览乎！彭祖生于皇虞，仕于有商，工引导术，龄延八百。东坡曰此地后人葬衣冠处。夫衣冠在即彭在，彭之名盖欲乎与山俱崇，而且悠乎与江俱长矣。后之泛舟者幸勿曰等山耳，当面错过而为山灵笑。

此文载于旧《彭山县志》（新标点本），题目原为《游彭山县记》，但从文章看来，作者只是游彭祖山，与彭山县好像没有关联，抑或是作者将彭祖山直称为彭山也未可知。文中说"东坡曰此地后人葬衣冠处"，似有误，不是东坡而是东坡之弟颍滨先生。我们现在来读苏辙（颍滨先生）的诗《彭祖墓》：

猖狂战国古神仙，曳尾泥涂老更安。

厌世乘云人不见，空坟聊复葬衣冠。

苏辙（1039—1112），字子由，号颍滨遗老，眉州眉山人。嘉祐二年（1057），与兄苏轼同科进士及第。嘉祐六年（1061），又与苏轼同中制举科，后任大名府推官。熙宁五年（1072），出

▶彭祖山——摄影杨正南

任河南留守推官。元丰二年（1079），因上书为因乌台诗案而获罪的苏轼求情，被贬为监筠州（今江西高安）盐酒税。元丰八年（1085），朝政发生变化，他被召回，任秘书省校书郎、右司谏，进为起居郎，迁中书舍人、户部侍郎。元祐六年（1091），拜尚书右丞，进门下侍郎，执掌朝政。后来新党执政，他上书反对时政，被贬官，先后在化州、雷州等地任地方官。崇宁三年（1104），定居颍川，过田园隐居生活。1112 年卒，谥文定。他在文学上造诣高深，与父亲苏洵、兄长苏轼同为唐宋散文八大家。

此诗在《栾城集》中未记载，只见于《彭山县志》。从李牧的《游彭山记》可以看出，明代彭祖山司守人员就已经收录了苏辙的这首诗。

　　彭祖，是传说中的人物，姓篯名铿，颛顼玄孙，生于夏代，至殷末时已七百六十七岁（一说八百余岁）。殷王以为大夫，托病不问政事。事见《神仙传》和《列仙传》。旧时以彭祖为长寿的象征。彭祖在彭山有衣冠冢，其地在彭山仙女山半山腰上，墓前有巨大的墓碑，上书"商贤大夫彭祖之墓"。彭祖长寿，据古代文献和现代研究，是由于他擅长导引术，讲究饮食，注意男女房中事，坚持气功锻炼。据说从空中航拍，整个彭祖山就像道家的阴阳鱼图案，而彭祖墓恰好处于阴阳鱼的中心位置。现代人为宣传彭祖的长寿养生秘法，在山上修建了彭祖膳食馆，专门烹制彭祖的野雉羹等；修建了彭祖山采气场，用以采气、炼气，增强体质；开辟了彭祖房事秘籍馆。所以，彭祖山有一句很得体的宣

▶彭祖祭典——摄影杨正南

172

传口号"来了就有收获，回家就有提高"。笔者认为，此口号有新意，一语道出了游彭祖山的好处。也许是受彭祖养生方法的影响，或者说彭山人直接受教于彭祖，长寿的彭山人有很多，据统计，彭山区百岁老人的万人比，位于全国的前列，被誉为长寿之乡。

从苏辙的诗中可以看出，彭祖墓在唐宋时期就很有名气，而且还只是一座衣冠墓。前文提到的贺文在他的《彭山赋》中写道："仙女山上，彭祖高卧三千年；求为寿者，草鞋踏凹石级。"

说到彭祖的长寿，不得不说仙女的孝顺。彭铿之女，未留下名讳，人们只道其是仙女。彭祖死后，埋葬在彭祖山上，其女儿在坟旁修房造屋，为父守墓，以尽父孝。为使自己能长期尽孝，她在山之悬崖上凿了一个洞，用于炼丹，自己服用。她这种孝心，直接影响了一个人。他就是晋朝的太子洗马李密。

李密（224—287），西晋犍为武阳（今四川眉山市彭山区）人，字令伯，一名虔。少仕蜀为郎。蜀汉亡后，晋武帝征他为太子洗马。他以父早亡，母再嫁，与祖母刘氏相依为命为由上《陈情表》固辞。祖母刘氏死后，他才到京师洛阳，先后任洗马、温令、汉中太守等。既然提到了《陈情表》，我们不妨将其全录于后，供读者重新欣赏。为何叫重新欣赏？因为此文选入高中教材应是十几年前的事，一直沿用至今。而之前的中学教材是不选的。即便是大学中文系，也只有一门选修课叫古文选读，选用了这篇文章。所以，现在来读，叫重新欣赏。

臣密言：臣以险衅，夙遭闵凶。生孩六月，慈父见背；行年四岁，舅夺母志。祖母刘悯臣孤弱，躬亲抚

养。臣少多疾病，九岁不行，零丁孤苦，至于成立。既无叔伯，终鲜兄弟，门衰祚薄，晚有儿息。外无期功强近之亲，内无应门五尺之僮，茕茕孑立，形影相吊。而刘夙婴疾病，常在床蓐，臣侍汤药，未曾废离。

逮奉圣朝，沐浴清化。前太守臣逵察臣孝廉，后刺史臣荣举臣秀才。臣以供养无主，辞不赴命。诏书特下，拜臣郎中，寻蒙国恩，除臣洗马。猥以微贱，当侍东宫，非臣陨首所能上报。臣具以表闻，辞不就职。诏书切峻，责臣逋慢。郡县逼迫，催臣上道；州司临门，急于星火。臣欲奉诏奔驰，则刘病日笃；欲苟顺私情，则告诉不许。臣之进退，实为狼狈。

伏惟圣朝以孝治天下，凡在故老，犹蒙矜育，况臣孤苦，特为尤甚。且臣少仕伪朝，历职郎署，本图宦达，不矜名节。今臣亡国贱俘，至微至陋，过蒙拔擢，宠命优渥，岂敢盘桓，有所希冀。但以刘日薄西山，气息奄奄，人命危浅，朝不虑夕。臣无祖母，无以至今日；祖母无臣，无以终余年。母、孙二人，更相为命，是以区区不能废远。

臣密今年四十有四，祖母今年九十有六，是臣尽节于陛下之日长，报养刘之日短也。乌鸟私情，愿乞终养。臣之辛苦，非独蜀之人士及二州牧伯所见明知，皇天后土实所共鉴。愿陛下矜悯愚诚，听臣微志，庶刘侥幸，保卒余年。臣生当陨首，死当结草。臣不胜犬马怖惧之情，谨拜表以闻。

▶彭祖墓前八卦图——摄影杨正南

　　李密这篇《陈情表》，言辞恳切，委婉动人。当晋武帝读了此文之后，为李密对祖母的孝心所感动，不禁赞叹道："密不空有名者也！"

　　这篇《陈情表》对后世影响极大，被誉为与诸葛亮的《出师表》同为天地间难得的至诚文字。文中的一些词语还常常被人引用，具有强大的生命力，如伶仃孤苦、更相为命、乌鸟私情、急如星火、狼狈、茕茕孑立、形影相吊、日薄西山、气息奄奄、人命危浅、朝不虑夕。

　　李密的故乡在彭山区的保胜乡龙安村，属于比较偏远的深丘地区，其故居设有纪念祠堂一座，祠堂旁边的岩石上有多处颂扬李密孝道的古人和今人的题词刻石。我们来读清代人李光绪的

《晋洗马李密故里》：

> 孤松出寒林，霜雪披荒荆。
>
> 栖鸟归得食，哑哑哺其亲。
>
> 若遗孝作忠，圣言当至情。
>
> 无为章句士，一字毁人名。

诗人笔下的李密故里是荒凉的，孤独的松树冲出低矮的丛林，显得那么的寒碜，丛林荆棘被霜雪覆盖着，从别处觅得食物的栖鸟，飞回自己的巢中，喂养那嗷嗷待哺的幼鸟。"无为章句士，一字毁人名。"据说晋武帝赐宴东堂，诏李密赋诗。李密深

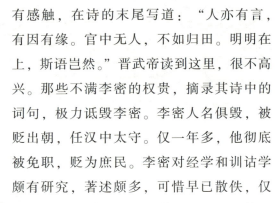

有感触，在诗的末尾写道："人亦有言，有因有缘。官中无人，不如归田。明明在上，斯语岂然。"晋武帝读到这里，很不高兴。那些不满李密的权贵，摘录其诗中的词句，极力诋毁李密。李密人名俱毁，被贬出朝，任汉中太守。仅一年多，他彻底被免职，贬为庶民。李密对经学和训诂学颇有研究，著述颇多，可惜早已散佚，仅存《陈情表》一篇。然有此一篇已经足矣，千古名篇，将永传万世。

说到孝子，不禁使人想到忠臣。在汉代，武阳就出了一位了不起的忠臣。他叫张纲。张纲（108—143），字文纪，东汉犍为郡武阳（今四川彭山）人，张皓之子。顺帝时任御史，他

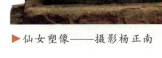
▶仙女塑像——摄影杨正南

曾上书反对宦官专权。汉安元年（142），他与杜乔、周举等八人分巡州郡。七人都出京赴任，他却将自己的车轮卸下，埋于洛阳外的都亭，说："豺狼当道，安问狐狸"！随即草拟奏章，先弹劾太尉桓焉、司徒刘寿"尸位素餐，不堪其职"；又揭露司隶校尉赵峻、河南尹梁不疑、汝南太守梁乾等贪赃枉法，违法乱纪；还指控鲁相寇仪有犯罪行为，寇仪畏罪自杀。

大将军梁冀是当朝国舅，妹妹正受到皇上宠爱，梁冀的亲属、爪牙遍布朝廷内外。张纲不顾个人安危，上书历数梁冀的罪状，朝廷为之震动。顺帝知道张纲忠义直言，但鉴于后宫的关系，他既不采纳，也不降罪。由于张纲毫不手软地向权贵开刀，受到攻击的梁冀等人怀恨在心，伺机报复。当时，广陵郡有个叫张婴的人聚集数万人在扬州和徐州之间抗击官府，杀刺史和二千石爵禄的官吏，前后达十余年。朝廷派兵征剿多次未果，感到很棘手。梁冀乘机指使尚书推荐张纲为广陵太守，想借刀杀人。

张纲到了广陵，没有用剿灭的政策而是采用了怀柔招安的办法。他带着十几个人来到张婴的营垒，向张婴喧喻了他的怀柔政策，并保证张婴投降后，决不追究张婴对抗朝廷的任何责任。经张纲的解释劝慰，张婴夫妇带着众人一起归降张纲。张纲解散了张婴的部卒，让他们回家种田，又给张婴指定了田地房产，对张婴的子弟量才录用。由于处置得当，动乱持续十余年的广陵地区得以安定下来，人们安居乐业，到处一片祥和。顺帝本想调他入朝任职，但广陵百姓在张婴等人的带领下，上书挽留，朝廷同意了广陵百姓的请求，让张纲继续留任广陵太守。然而，才一年的时间，张纲就病逝于广陵任上，终年三十六岁。

现在我们来读一首清代彭山县令王喆的《张纲故里》诗：

> 岷峡山畔孝廉居，萧瑟空阶月影虚。
>
> 独恨广陵催薤露，但从蜀岭认蓬庐。
>
> 摩崖应记埋轮事，牧马还吟降垒书。
>
> 借问汉臣谁个似，望风凭吊一歔欷。

张纲故里在什么地方，据《彭山县志》载："岷峡山为张纲故里，治东北十里。"从位置来看，应该是彭山区牧马山一带。孝廉居，即张纲的故居，因张纲是举孝廉而入仕途的，故有"孝廉"一说。诗人看到的张纲故居是一派萧瑟的景象，已经很破败了。薤露，是指薤菜上的露水，形容时间短暂。这里是指广陵太守张纲英年早逝，才三十六岁就病死了，可惜了一代忠臣。摩崖说的是张纲故居旁边的山崖上应该有关于张纲埋轮于洛阳都亭一事的题刻，牧马山还在吟诵张纲到张婴营垒劝降的文书。

另外清代山阴人周洪任彭山县令时，也写过一首《张纲故里》的诗：

> 汉氏无遗士，先生独有村。
>
> 岷峡山不改，都尉宅长存。
>
> 豺畏埋轮气，盗归持节魂。
>
> 至今灵爽在，风柏啸黄昏。

这里也说张纲的故里在岷峡山，他的故居遗址还存在。笔者认为清代早期，岷峡山下还应有张纲故居或祠堂，什么时候毁掉的，已无从查考。

第十八章　黑龙潭

龙潭水惠陵州地　盛世迎来万象苏

黑龙潭是一座大水库，又有"成都后花园""川西第一海"的美誉。黑龙潭水库是二十世纪七十年代，仁寿县人民在县委、县政府的带领下，战天斗地，浴血奋战而建成的。它实现了当年仁寿人重新安排仁寿山河的豪言壮语，它解决了仁寿县十年九旱的大问题。而今它不仅解决了仁寿县的农田灌溉问题，而且还解决了眉山市中心城区、仁寿县城等地居民的饮用水和生产生活用水问题。它的确为子孙后代造了福，是一项巨大的惠民政绩工程。

黑龙潭水库的主体工程是水库大坝，坝高 53 米，长 271 米，用 27 万立方米的红条石砌成，巍峨磅礴，雄伟壮观。大坝北端的广场上耸立着一座三角高碑，上刻郭沫若先生题写的"黑龙潭水库"五个刚劲有力的大字。记得水库开始修建和建成后很长一段时间，这座水库都叫黑龙滩。而滩是水边沙石堆积的地方，意味着这里水浅。现今的水库，是一泓碧潭。"滩"字不能表明湖的深广，故后来改为黑龙潭。湖周长 160 公里，南北长 32 公里，水面 23 平方公里，蓄水 3.6 亿立方米。湖面宽阔，可泛舟，可行船，可休闲度假，可垂钓，可观景。湖区内有岛 72 座，半岛不计其数，每座岛都林木葱翠，雀鸟成群，是国家 AAAA 景区。

我们还是来说诗吧。本章的标题"龙潭水惠陵州地，盛世迎来万象苏"，出自冯建吾的《题黑龙潭》诗。全诗为：

果岛花村美画图，家乡风貌展新模。

龙潭水惠陵州地，盛世迎来万象苏。

这首诗是冯建吾先生一九八六年十月回家乡仁寿，应邀游黑龙潭水库，欣然提笔写的一首赞美黑龙潭的诗。冯建吾，仁寿人，曾是四川美术学院教授，与其弟、"长安画派"创始人石鲁（冯亚珩）都是当代著名画家，是当代仁寿最杰出的人物之一。果岛花村是说黑龙潭水库中的岛屿上种植有果树和花草，形成了美丽的景观。古时仁寿称陵州，属于龙泉山脉余脉所形成的川中丘陵地区，此地山峰众多，土壤贫瘠，十年九旱。自从修好黑龙潭水库之后，十年九旱、望天种粮的情况得到了彻底的改观：黑龙潭水库的水沿着遍布全县的水渠，汩汩地流入陵州的农田山地，使陵州的土地得到了灌溉，粮食产量逐年递增，使十年九旱的不毛之地变成了米粮川。所以，诗人说"龙潭水惠陵州地"。

▶黑龙滩水库大坝——摄影杨正南

黑龙潭这个地方，原来有没有一个叫黑龙潭的深水坑，我想应该有吧。如果没有，那明代人何景明的《夜酌黑龙潭》诗就没有了根，水库改名为黑龙潭水库也就没有了依据。诗全文是：

川流一曲抱，峭壁万年开。

白石传杯坐，青天送月来。

蛟龙亦自舞，鸥鹭岂相猜。

谁识仙潭上，天留此钓台。

看来，黑龙潭这个地方是有的，其位置应该在龙岩处，亦即泼水现字处。我们后面再谈。

何景明还有一首《黑龙潭》的诗：

白雨遥从白日来，黑云低映黑龙台。

空思玉鲤临渊叹，未掣金鳌跨海回。

清代人胤祯也写有《黑龙潭》诗：

平麓蟠崇阜，云潭结涧阿。

镜光涵铁冷，溜响喷珠多。

秘识龙藏穴，深疑蜃蜕窝。

农田望霖雨，于此乞恩波。

胤祯，清代皇室子孙，曾任四川总督。这里的"农田望霖雨，于此乞恩波"可印证仁寿早些年十年九旱，农田都只有望天下雨。如果老天不下雨，旱灾严重，人们则来到黑龙潭处，祭拜黑龙，乞求黑龙降雨。

我们再来读一首仁寿本地人写的《黑龙滩抒怀》：

明珠散落二峨山，接引岷江水满潭。

花果蓬莱云里醉，盘龙石壁岛中眠。

滩头细浪挂鱼网，坝侧林阴系客船。

尺幅难描新画卷，三移寸笔续诗篇。

汪文高先生，仁寿人。二峨山，龙泉山的最高处，地处仁寿县境最北边。接引岷江，即将岷江水引入仁寿黑龙潭水库。岷江水自都江堰流入成都平原，分为若干支渠，其中一大支渠经成都沙河流到仁寿北，改称东风渠。仁寿人修好黑龙潭水库以后，直接将都江堰水引进水库屯蓄，然后再放水灌溉农田；二十年前又通过水管，直接将水引进眉山中心城区和仁寿县城，使近百万居民用上了来自都江堰的岷江水。诗人具体写了湖中的花果岛、盘龙岛、捞捕野生鱼的渔网、客运游船码头等美丽景观。

说到黑龙潭龙崖这个地方，还真有些文物古迹可以欣赏。据说在龙崖除刻有一条巨大的石龙外，还有唐代的摩崖造像刻石和唐宋以来的摩崖题刻。可惜大部分题刻都埋在了水中，一般情况下不可得见。

我们还是先来读一首天涯若比邻的诗：

龙崖古道幽谷间，泼水显字近千年。

阴奇沟径龙滩水，谪仙诗圣好赋闲。

居易驾鹤几百载，留下题跋后人拜。

东坡调元均游过，镌刻诗词撼山岳。

问道骚客非凡人，皆因空山鸟语情！

诗的作者叫天涯若比邻，看来是一个微信网名。诗题叫《无题》，副标题是《学和克文兄诗一首》。诗后有一段自注：以前从成都到仁寿的官道经杨柳场必须通过两山峡谷地名叫"阴奇沟"的地方。由于官道两旁绿树掩映，风景秀丽，峡谷两旁的悬崖绝壁上，嵌刻着好多好多唐宋时期和民国初年诸如李白、杜甫、白居易、苏东坡、李调元等路过此地触景生情所作的诗词歌赋。

▶黑龙潭大坝——摄影杨正南

二十世纪七十年代初，仁寿修建了黑龙潭水库之后，峭壁两边的古迹被湖水淹没而藏于水底。由于龙崖石壁泼水现字处在水库末尾，因此后人得以有幸目睹。仁寿黑龙潭水库龙崖千年峭壁上镌刻的诗词和所配画的一拨葱茏竹丛神奇之处在于，平时（包括雨天）只能够看到平整光滑的石壁，而游客用水泼在那平整光滑的石壁上之后，原本平整光滑的石壁上便会现出镌刻的一首诗和竹丛。

　　从这段自注文字中，我们可以了解到龙崖这个地方原来叫阴奇沟，沟两旁的崖壁上有从唐到清的题刻，可以说是一条文化走廊。其上有唐代的摩崖造像，有李白、杜甫、白居易的诗文题刻。更值得注意的还有我们的乡贤苏东坡留下的东西，有清代蜀中三才子之一的李调元的题刻。

　　现在能够见到的只有泼水现字的那块石壁，据说石壁上的那丛竹子是苏东坡的从表兄弟、湖州墨竹派的创始人文与可（同

担任陵州太守时，途经阴奇沟，闲暇无事时在石壁上用药墨画的，而且还题了诗，至于题写的是什么，一直没有人看清过。记得二十几年前，我曾前往石壁处，见人用水泼石壁，给我的印象是上面只有一丛隐隐约约的竹子竹叶和几个模糊的像字一样的黑团，而且水很快就干了，竹丛和字迹也很快就没有了。根本看不清竹子和所题写的字。

再来读一首当代人写的词：

岷江西出灌水库，仁寿富饶无限。

国投四材人投劳，勘测施工大战。

越岭穿山，拦河筑坝，蓄水三亿现。

陵州多变，往昔多少干旱。

回忆七十年间，数千水利军，地覆天翻。

一转眼，人老气虚多喘，

旧地重游，草鞋书记笑，恍如眼前。

人生如梦，放逐逸兴龙滩。

这里不谈词牌和词的艺术，只说"草鞋书记"。草鞋书记指的是杨汝岱同志。杨汝岱是仁寿人，二十世纪七十年代在仁寿县任县委书记，直接领导和指挥修建黑龙滩水库的浩大工程，他每次下乡和到水库工地都穿一双草鞋，故老百姓都亲切地称他为草鞋书记。之后他又担任了四川省委书记、中央政治局委员，在全国政协副主席的职位上退休。记得黑龙滩水库修成后，人们在大坝的北头小广场上立了一通碑，并请杨汝岱同志题写的"黑龙滩水库"。或许是前面提到的潭与滩之别吧，后来选用了郭沫若先生题写的"黑龙潭水库"。

黑龙潭水库是新生事物，是当代仁寿人的伟大创举。新的东西，便产生了新的诗文。我们先来读一篇仁寿人张毅写的《黑龙滩赋》：

悠悠千载，西蜀凌州，英烈辈出，虞公扬采石军威。人文荟萃，石鲁创长安画派。然而，岷沱擦肩，龙泉阻隔，空留千年泪山丘，千古贫困。十年九旱，魔魅肆虐。求雨号呼，震荒凉赤地。遍野饿殍，遗萧疏鬼屋。水是梦中眼泪，龙是神话传奇。

百万当代愚公，奋起艰难岁月。一手挽都江长龙，一手筑镇澜巨坝，钢臂铁肩，垒起二十八万方条石。众志成湖，捧起三亿立方米甘霖。长桥飞虹，银河渡悬崖峭壁。明渠蜿蜒，清泉唱丰收赞歌。饥饿之乡，列全国粮仓。穷乡僻壤，变聚宝之盆。立千秋盛事，创英雄之诗。哀凌州苍生的唐代诗圣，九泉含笑。誉千古一人的宋时先贤，泪飞化雨。

塔碑健笔凌云，扬英烈壮志。大坝巍然雄立，凝百年梦想。碧波浩渺，银鹤舞空。水天一色，如幻如梦。群岛错落，棋布星罗。碧玉浮波，水上盆景，飞舟扬波，在水一方。蓬莱瑶池，画景诗情。泼水现竹，留文同文采。风雨沧桑，浸龙岩龙鳞。蟠龙群猴，嬉戏花果仙山。暮鼓晨钟，祈愿人间太平。水上公园，一洗滚滚红尘。回归自然，游人肺腑清新。

热爱母亲湖，保护生态家园。开发黑龙滩，扬新世纪风帆。举创业和开拓的火炬，走向辉煌，走向明天。让生命和创造的甘泉，永不枯竭，永不污染。

　　这篇赋写得不错，他既遵循了汉赋四六骈散和对仗的基本规则，又有突破和创新，有东坡先生赤壁赋的风味。赋的第一层意思是叙述凌州的人文历史，以及凌州大地十年九旱的悲惨景象，凌州人自古以来只能乞求龙王，遍洒甘霖，望天吃饭。第二层意思是百万仁寿人民在党和政府的组织领导下，战天斗地，决心重新安排仁寿旧山河，在"嗨哟嗨哟"的号子声中，用血汗筑就了黑龙潭水库，一改几千年来凌州大地缺水的状况。第三层意思是说水库修成后，形成了巨大的人工湖，湖上波光粼粼，可乘船遍游湖区，随心荡舟。七十二座岛屿星罗棋布，每座岛上绿树成荫，花果飘香，水鸟翔集，像一座座水上盆景。蟠龙岛上，更是群猴嬉戏，充满勃勃生机。整个湖区是休闲娱乐的好地方。第四层意思则是告诫人们，黑龙潭水库来之不易，应加以保护，使甘甜的湖水永不枯竭，永不污染，永远润泽凌州大地，永远滋养眉山人民。

▶一叶扁舟泛龙潭——摄影杨正南

我们再来读一首邱建明的新诗《在黑龙滩这把宽厚的藤椅上》：

在黑龙滩这把宽厚的藤椅上

煮一壶小岛上的晨星，泡一湾微醉的晚霞

该有多好

让我们的倒影在湖光山色中随风飘荡

让日子的快乐和忧伤都潜入内心的湖底

甘心做一尾思乡的小小水草

让独来独往的鱼儿偶尔碰撞

让岛边古怪的猴子以为月亮掉进水里了

在黑龙滩这把宽厚的椅子上停一停靠一靠

在她清凉的怀抱和淡定的眼神中躺一躺摇一摇

该有多好

看湖面上一群圣灵的白鹤仙子舞动时光的欢畅

看大坝上那些无名的石头汉子饱吸如春的阳光

看阳光下汗水的微笑在七十二座岛屿上回光返照

黑龙滩，我梦中的飞鸟

你的身影在哪一朵浪花的梦中飞翔

可否刺绣出盛夏回眸的玫瑰和冬日匆匆怒放的梅花形状

远远地，我看到一根渔线也长出了翅膀

从一湖清水里

能否钓到蓝色的歌谣和诱人的稻香

对于新诗，我读过不少。以前的不说了，就最近《眉山日报》也经常发表一些眉山诗人的现代新诗，我也拜读过。但遗憾得很，我一首都没有记着，更不要说背诵了。也许是人老了，记忆力严重减退吧。我总觉得无韵的新诗，就像是把散文的句子折

断，排列成诗的形式一样，既不朗朗上口，也不能让读者随诗人产生形象思维。就这首诗而言，它算得上是一首好的新诗。使我感慨的是最后的几句——"远远地／我看到一根渔线也长出了翅膀／从一湖清水里／能否钓到蓝色的歌谣和诱人的稻香？"还保留着一股浓浓的诗味。

在黑龙潭水库景区的边沿，还有一座伟人的墓垣。那就是被毛泽东誉为"伟哉虞公，千古一人"的南宋丞相虞允文的墓。虞允文（1110—1174），字彬甫，仁寿县藕塘乡人。绍兴二十四年（1154）考中进士，先后做彭州（今四川彭州市）通判，黎州（今四川雅安汉源县北）、渠州（今四川达州渠县）知州。后由秘书丞入京，旋转任礼部侍郎，再升为中书舍人，参与国政。绍兴三十年（1160），虞允文奉命出使金国。金人欺负其为文官，强势提出以比箭法来权衡两国的关系，虞允文慨然应允。结果，虞允文一箭正中靶心，金人叹服，以最高礼遇相待。回国后，他把在金国看到的金人准备战争的情况向皇帝做了报告，并建议准备抗金，但此建议未被皇帝采纳。绍兴三十一年（1161）九月，金

▶虞丞相塑像——摄影杨正南

主完颜亮亲率六十万大军，分四路，直指江南，迅速占领庐州（今合肥）、和州（今马鞍山市和县），企图由采石矶渡江，进占临安。十一月初，虞允文以中书舍人参谋军事，奉命到芜湖催促武将李显忠速至采石矶接管逃将王权的军队，并代表朝廷慰劳采石矶驻军。虞允文召集诸将，勉以忠义，宣布："朝廷已令我携来金帛在身，只要立有战功的，我将不吝封赏。"这时有人劝他："你是奉命来犒军，不是派你督战，何必替人承担责任，自找麻烦？"虞允文慷慨回答："我等身为人臣，如敌虏济江，则国危，吾辈安避？今日之事，有进无退，不敌则死，等死耳！退而死，不如进而死。死，吾节也！"虞允文以大义晓喻将士之后，又至采石矶江边察看地形，会同诸将研究沿江军事部署。当时金国部署在江北岸的兵力有三十万，战马数千匹，而南宋部署在采石矶的兵力只有一万八千人，战马数百匹，敌众我寡，形势对宋军极为不利。十一月初八日，完颜亮指挥十八艘战舰从杨林渡口向南岸发起试探性的进攻。宋军在虞允文的指挥下，按兵不动，静观金兵动态。完颜亮以为宋军怯战，便亲率几百艘战船从杨林渡口出发，直接向宋军阵地冲来。但由于船底宽平，水道生疏，船在江中飘荡不定，被水下沙丘阻滞，无法前行，乱成一团。虞允文见时机到，急命宋军战船出击。宋军船队和当涂人民的海鳅船劈波斩浪向金军冲击，将金兵先头船队拦腰截断，围困于江心。宋军用艨艟大船冲击金军的船只，用小巧的海鳅船向金军船只进行攻击，一时间，装有火药、硫黄、石灰的霹雳炮朝着金军船只猛轰。金船被掀翻、轰破、撞沉无数，金兵或被炸死，或溺水身亡，江水也被血水染红。江上两军鏖战至傍晚，宋军的后备兵力已全部投入，形势十分严峻。这时，一支从光州（今河南信阳潢

▶虞丞相墓——摄影杨正南

川县）退下来的宋军，直接投入战斗，从侧面攻击金军。完颜亮
见腹背遭受攻击，只好急令收兵，弃船登岸逃离。

　　虞允文知道金军遭受重创之后，一定会卷土重来，于是召集
将领连夜进行部署，做好战斗准备，严阵以待。第二天，金军又
齐集北岸，登船准备南渡。虞允文指挥宋军乘船，用强弓硬弩射
杀金兵，不让他们启动船只。金兵遭此袭击，乱成一团。这时，
虞允文秘密派往上游的一支小部队，将杨林渡口上游的金兵备用
船只放火焚烧，一时火光冲天，烟雾弥漫。完颜亮见大势已去，
不得不下令退兵，他也带着随从退至瓜州。采石矶之战，宋军获
得全胜。采石矶之战，也成了中国历史上以弱胜强、以寡胜众的
重要战役之一。

　　"伟哉虞公，千古一人。"得到毛泽东的赞许，虞公在九泉之
下该感到欣慰。

我们还是来读一首邵玺《谒虞丞相墓》诗吧：

宋室如公有几人？乾坤再造展经纶。

谋猷动即关天下，献勇心宁愧大臣。

渺渺风烟凝胖蚕，九九松柏度冬春。

我来七百余年后，马鬃风前荐藻蘋。

那得云初扫墓田，空余过客问山川。

苔埋翁仲年多历，石卧麒麟影可怜。

犹见前朝碑植地，从知元老德弥天。

阶前荒垅谁家子，经理应凭守土贤。

宋室如公有几人？确实，宋代历史上，尤其是在南北宋交替之际，主战与主和之争十分激烈。像虞允文这样，既能指挥军队

▶虞允文谱系列——摄影杨正南

大败金兵，取得采石矶大战的胜利，又坚决主张抗金的达官显贵是不多的。诗人前来丞相墓前拜谒，是七百多年之后了，看来诗人是清代人。诗人见到的丞相墓是什么样呢？墓垣上布满了青苔，墓前还立着麒麟走兽，有前朝人竖立的石碑，从石碑文字可知道丞相天大的功德。虞丞相墓在仁寿黑龙潭水库边的玉屏山上，即虞丞乡境内的丞相村，为省级重点文物保护单位，是黑龙潭景区重要景点之一。

黑龙潭水库既有现代景致之美，又有深厚的历史文化积淀，更有当代人移山造海、重新安排旧山河的豪迈精神，值得我们前往休闲度假和参观学习。

参考文献

［1］《三苏祠志》编纂委员会. 三苏祠志［M］. 北京：中国文史出版社，2011.

［2］张忠全. 少年苏东坡［M］. 成都：四川出版集团巴蜀书社，2006.

［3］张忠全. 何人可配眉山［M］. 成都：四川文艺出版社，2001.

［4］眉山市政协. 眉山名人［M］. 成都：四川出版集团巴蜀书社，2004.

［5］徐聘能. 历代名人咏东坡［M］. 成都：东坡诗社，1997.

［6］张忠全. 历代名人咏三苏［J］. 四川师院学报丛刊，1989.

［7］张忠全. 三苏咏故乡［J］. 四川师院学报丛刊，1989.

［8］宋明刚，包幸. 灵秀龙滩［M］. 香港：中国图书出版社，2020.

［9］徐丽. 名人与三苏祠［M］. 成都：四川大学出版社，2021.

后 记

　　2020 年春，新冠肺炎病毒肆虐，宅在家中，除了看电视，别无他事可做。一日，忽心血来潮，何不趁无事可做之时编一本书呢？编写什么书呢？我思虑了几天，觉得编写一本东坡文化与本土文化融合在一起的书比较合适。一开始我想将书名定为《眉山历史文化研究》，后来觉得题目太大，以手边的资料和自己的力量难以完成。后来，我觉得以古今诗人的诗来叙述眉山的文物景点和眉山的历史文化比较合适，于是定名为《诗说眉山》。定好了书名和编写方向，说干就干，3 月找资料，4 月动笔编写。1983 年 5 月，我被调到三苏祠工作以后，一直从事眉山县文物保护、管理和研究工作，对眉山的历史文化、三苏文化有一定的了解。1991 年 5 月，我正式到眉山县政协任副主席，主要负责政协的文史工作。2001 年 1 月，我又转入眉山市政协任副主席，并兼任文史委主任一职。直到 2010 年退休，我一直未离开过三苏文化和眉山地方文化研究这块阵地。几十年的积累，使我动起笔来得心应手，一切似乎都一帆风顺。天有不测风云，人有旦夕祸福，我又不幸身染沉疴，从 2020 年 6 月起，断断续续地在医院治疗，既无编写的精力，又无编写的兴趣，只好长期搁笔。直到年底，病情好转，我才重新提笔编写本书的最后两章，好不容易，将书稿完成。

为什么要编写这样一本书呢？或者说编写这本书有什么意义呢？我是这样想的：眉山从 2018 年开始，就紧锣密鼓地开展了创建国家森林城市、全国文明城市和国家卫生城市的工作，而且成效十分显著。到 2020 年末，三项工作都先后取得了圆满的成功。这是对眉山建市 20 年来，市委、市政府带领全市人民在城市建设、城市管理方面卓有成效的工作的肯定。做了这些工作之后，我觉得眉山还应做一件非常有意义的事，那就是该申报国家历史文化名城。

申报国家历史文化名城，需要市委、市政府通盘考虑，实在不需要我们这些已退休多年的人来考虑。考虑多了，就有多管闲事之嫌。不过，我知道，申报历史文化名城，不仅需要政府的申报书，还需要不少的辅助资料。记得二十世纪八十年代末眉山县申报四川省历史文化名城时，县政府有申报书，还有一些辅助资料。评审专家来眉，在三苏祠的云屿楼召开评审会。其时，省评审专家组组长、省文化厅文物处肖处长不仅让我参加了专家评审组的会议，还让我负责提供有关资料。他让我向各位专家呈送了《三苏祠志》《眉山县文物志》《历代名人咏三苏》《三苏咏故乡》等资料 (前两本书当时只是我整理的资料，是两本手稿)。这些资料，对眉山县申报省级历史文化名城，虽起不了决定性的作用，但能让专家们进一步认识眉山、了解眉山。《诗说眉山》这本书，既可作为辅助资料之一，提供给评审组的专家学者，让专家学者们从诗话中进一步了解眉山的历史文化，又可作为一本旅游文化读物，让读者认识眉山、了解眉山，让眉山人民奋发有为

地建设眉山。当然，这只是我个人的一厢情愿，决策者们用不用还未可料也。

本书主要内容为前言和十八章，分别就眉山市内有代表性的文物旅游景点进行描述，其方法是以古人的诗句为题，引入该文物景点，再由文物景点引出相关的诗词文赋。对于比较著名的诗人则详细介绍诗人的生平事迹，原则上能查到多少写多少，不编故事，使文物景点和诗人的评价呈现于读者面前。

在本书的编写过程中，得到了市政协文史委、三苏文化研究院的有力支持。杨正南、杨宇等人提供了本书的照片。四川玫瑰园房地产开发有限公司，给予了全力资助，在此一并致谢。

由于资料的收集有一定的困难，有的古迹的诗文至今都未查找到，比如李白、杜甫、白居易、苏东坡、李调元等人游历黑龙潭的阴奇沟的记载，本人实在无法找到，因此未录入，实在遗憾！

经过断断续续近一年时间的编写，书稿终于完成了。我将它呈献在各位读者面前，愿方家不吝指教。

张忠全

2021 年 1 月 24 日于寓所